海わたる時の怒号

山下浩一郎

文芸社

目次

第一章　怒号への序曲

「神主様、お目覚めの時間です」

「おおそうか、もうそんな時間か」

「規則正しい生活が寿命をのばしますよ」

「わしはいつ死んでもいい」

「そんな弱気なことを言うもんではありません。あなたの双肩にこの国の未来がかかっているんです」

「そう言われると、はりきる」

「そうでなくちゃ、神主の名が泣きます」

　このような同じ生活を繰り返す毎日が一番平和であることは言うまでもない。ただし退屈になるのが人の常である。

「テイジよ退屈だのう、たまには血が沸き、汗が出ることをしたいのう」

「平和が一番です。何もなく静かに時を過ごすのが体には一番いいのです」

「体が大変なまってきたように思われる」

「それでしたら、運動をすればいいですよ」

「毎日庭は歩いているよ。庭の散歩じゃつまらない」

「それならば避暑地に行かれてすっきりすればいいですよ」

「そうじゃ、たまには避暑地に行くとしようか」

「それがいいですよ」

「善は急げだ。誰か、避暑地へ行く旅を段取りさせよ」

「分かりました、早速カンテに命じて段取りさせます。どの位の日数で行かれますか」

「そうじゃな、1週間ばかり楽しみたい」

「分かりました」

時は夏の真っ盛りであって、うだるような暑い日々をすごしていたから、すぐに話はまとまった。

行先は、当然涼しい山か、海遊びが楽しめる海であったはずである。


しばらくすると、カンテというものが宮殿にやってきた。

「これはご機嫌いかがですか、神主様」

「いいはずがない」

「それは困ったものです」

「おまえは何をしに来たのか。名前と要件を言いなさい」

「はい。名前はカンテと申します。先日テイジ様より神主様の避暑地への旅の段取りを依頼されまして、お聞きしたいことがあるので、参りました」

「おおそうか。それはご苦労であった、して何が知りたいのか」

「はい。実は神主様のご意向を聞きに参りました」

「何の意向だ」

「避暑地といっても山と海がございます」

「確かに2種類あるな。しかしこのような海に囲まれた神殿に住んでいると、当然　涼しい山と考えるのが妥当じゃないのかね」

「そう言われればそうですね。万が一、海だったら困ると思い質問しに来ました」

「なかなか慎重だねカンテ君」

「では、魔物の住む山ではどうですか？　とても涼しくなりますよ」

「馬鹿者！　避暑地に行くの、分かったな」

「はい、分かりました」

このような問答をしてカンテは納得したような顔をして宮殿から去っていった。

この1週間で避暑地へ行き宮殿を留守にすることが神主の好まぬ事態を引き起こし、血湧き肉躍る大騒動を引き起こすのである。

カンテは内心喜んでいた。神主に初めて会えたことで喜びを感じていたからだ。この喜びをどのように味わっていいものか悩んでいたのである。ニコニコしながら歩いていると、通行人が変な目で見て噂した。「あの人、頭おかしいんじゃない」と、囁くのである。耳のいいカンテは聞こえるのであるが無視をしてただ家路に急ぐのである。にこやかな顔をして道を歩いていると、運悪く性格の悪い友人に会ってしまった。

「おいカンテ。そんな嬉しそうな顔をして、どうしたのだ、頭が狂ったのか？　病院へ行け」

「なんたることを言うのか、このトン助め」

「おまえが笑いながら歩いているので、友達として心配してやっているのだ。ありがたく思え」

「心配するなら、もっといい言い方があるだろう」

「どう言えばいいのだい」

「嬉しそうに歩いているのだから、『きっといいことがあったのじゃないか』と言えば、角が立たない」

「なんせ俺は跳ねっ返りものだから、そんな上等な言葉は知らないのだ」

「困ったものだ」

「家の帰り道で偶然会ったのだから、神様の思し召しだ」

「偶然とは神様の思し召しなのかね、初めて知ったよ」

「それは良かった、すこしは利口になったのだよ」

「君はことごとく私の話の腰を折るね」

「性格だからしょうがないのさ」

「そういう性格は早く直し、真面目な大人に更生しなさい」

「まるで俺の親みたいなことを言うやつだ」

「とにかくこんな所で言い合っても仕方がない、居酒屋で一杯やろうじゃないか」

「まあそうするか。こういうことは話が合うね」

ということで、2人は意気投合して飲み屋に向かうことになった。説明するのを忘れたが悪友の名はカルンと言う。

「カンテの行きつけの居酒屋でいいよ」

「そうか、おまえが喜ぶような店ではないが、いいだろう」

と言いながら汚い飲み屋に2人は入っていき、小さなテーブルで向かい合い酒を注文して飲み始めたのである。

「ところでカンテ、何が嬉しかったか教えてくれないか?」

「いや、仕事上の秘密で、話したら首が飛ぶよ」

「それほどのことか、よけいに知りたくなった」

「まあ知りたくても教えることはできないね」

「冷たいやつだな」

「まあ飲め。そのうち気も変わるだろう」

2人は朝まで酒を飲み続けるのであった。

「お客さん、そろそろ日が昇りますよ。お帰りになったらどうですか」と店の主人が見かねて話してきた。

「え、そんな時間？　早く帰って仕事に行かなければ」とカルンは上着を片手に外に飛び出していった。

「もう1人のお客さん、相棒が帰っていきましたよ。おたくはどうするの」

「そう言われても……私も帰りたい、今日の仕事があるもんで」

「それなら、お勘定を払ってお帰り下さい」

「分かりましたよ。勘定払うから退散します」と叫びカンテも急いで帰っていった。

とにかく今回の飲み会では、カンテの仕事がカルンにばれずになんとか過ごせた。カンテは今回の飲み会で喜びの理由をカルンに話さなかったことに安堵のため息をつくのである。

しかし、しつこいカルンのことだからまた聞きに来るに違いないと恐れていたが、まずは神主様のご命令の仕事を急いでやり遂げて落ち着きたいと思うのであった。

　遠くの島では、山賊と海賊が酒宴をあげて騒いでいた。

「これはこれは、覆面をつけた山賊のドン様、ご機嫌はいかがですか?」と海賊のドンが山賊のドンのご機嫌をうかがい酒を勧めていた。

「いいわけないだろ、あと一歩のところでお宝を逃し、あげくに軍隊から命からがら、あなたのおかげで逃げてきたのだからね」

「まあ、命が助かって良かったじゃないですか。お友達の山賊の深謀遠慮で助かったのですよ」

「まあそうだが、とても悔しい」

「分かりますよ、その気持ち」

「今回の失敗に懲りず、なんとしてもあの宝を私の物にしたい」

「気持ちだけでは何も解決しません、どうやるかです」

「そう言われても、今の状態じゃ、手も足もでない達磨みたいなものだ」

「たとえが達磨とは困ったものですね。もしどうしても宝が欲しいなら、情報員をあの町に派遣して、情報を得ることから始めたらいいのではないですか?」

「おお、それはいい意見だ」

　ということで、海賊と山賊は町に情報員を配置し、情報収集を始めるのである。

第二章　カンテの災難

　カンテが事務所に帰り、神主のバカンスの計画をしているころ、カルンは喫茶店でお茶を飲んでいた。仕事のはずのカルンは怠け者で、すぐ休むくせがあった。体がだめなときはいい仕事はできないの精神であると自己弁護で言っているが、根性なしの怠け者であると他の人は見ていた。

「そこの女給さん、1杯水を下さい」

「はい、遊び人さん」

「なんで遊び人だ、失礼な」

「だって昼間から仕事にも行かず、喫茶店でたむろしているから」

「そうではない、昨晩酒を飲み過ぎて、今日仕事をしてもいい仕事ができないから、大切な有給休暇を取っているのだ。分かってくれ」

「ずいぶんと偉そうなこと言うのね、酔っ払い」

「酔っ払いは事実だ」

「そうでしょ、仕事が心配なら、飲みすぎなければいいのよ」

「そ、その通りだ」

「ろれつが回っていないよ、酔っ払いさん」

「私にもちゃんと親からもらった名がある。名前を呼んでもらいたい」

「ずいぶんと図々しい酔っ払いね。では、あなたの名前を教えて下さい」

「私の名はカルンというのだ」

「で、お仕事はなんですか？」

「まるで身元調査みたいだね」

「その通り、身元調査です」

「なんであなたが身元調査するの。権限はあるのか？」

「先日、海賊と山賊にこの国は襲われ、あと一歩のところで消滅するところでした。奇跡的に救われ、今の平和な生活をしています。しかしこれは偽りの平和であり、いつなんどきまた海賊や山賊に襲われるか分かりません。ゆえに、私たち政府の情報員が目を配り、治安を守っているのです」

「それはごくろうさまです」

「分かりましたか」

「しかし、変なこと言うとすぐ手が後ろにまわるのですね」

「そうです。のみ込みがいいですね」

「そう褒められても嬉しくないです」

「でしょうね。では質問に対して偽りや嘘を言うと、直ちに入牢してもらいます。回答が怪しく裏がとれない場合もしばらく入牢してもらいます」

「私は入牢するのが嫌いです」

「誰も入牢するのが好きな人はいません。しかしこの国の治安と平和を守るためには必要なことなのです」

「ずいぶんと杓子定規なことを言う人だ。目をつぶればいいこともあります」

「いいえ、私たちはこの国を守ることに燃えているのです」

「あなたは正義と母国愛に燃えた人間なのですね」

「そうです」

「確かにそのような人にお目こぼしをお願いしても、時間の無駄であることが分かりました」

「では、先ほどの質問の続きと回答の続きを行います」

「分かりました」

「もう一度質問します。仕事はなんですか？」

「エンジニアです」

「おおそうですか」

「これでいいですか？」

「いや、住所はどこですか」

「トロイデ3の568です。いつでも来て下さい」

「行きたくありません。行く時は兵隊が行きます」

「それはつまらない」

「あなたは私を口説いているつもりですか？　全く不謹慎な人だ」

「もうしわけありません。これでいいですね」

「まあいいでしょう。これからどうするのですか」

「あなたの質問で酔いが冷めてしまったので、会社に行って仕事します」

「よろしい。さあ行きなさい」

「失礼します」とカルンは言い、急いで会社に帰っていった。カルンの後ろ姿が彼女から見えなくなった頃、彼女の後ろの方からゴツい男が現れてきた。ゴツい男と彼女は会話を始めるのである。

「ヘイ275号、なんであんな酔っ払いに目をつけたのか」

「先ほど宮殿を見張っていた270号の連絡によると、宮殿から出てきたカンテという男とカルンは夜通し飲み明かしていたと報告が入りました」

「なるほど、カンテが宮殿の何らかの情報をカルンに話したのではないかと疑ったんだね」

「はい、そうです」

「ああいうやから《ヽヽヽ》は金か酒か女でなんとでもなるものさ」

「うまく何か聞き出したいものです」

「そうだな」

「君もなかなかの演技であった。君の国を守る情報員としての演技はな」

「そうでしょ、長年二重スパイをしているので板についてしまったみたい」

「そう。君は国の忠義な情報員だよ」

「そう言われても困ります。ばれたら死罪ですからね」

「言われてみればそうだな。わしなどはあなたの真似はできない、ただ腕力と拳銃しか取り柄がないからな」

「そうですね、その通り」

「褒められているのかな」

「褒めているのよ。褒めたついでに、カルンをしばきあげてカンテの話を聞き出したらどうですか？」

「はじめから、そんな手荒なことはしない、優しい７７７号で売っているから、看板が泣くぜ」

「あなたの顔と図体を見たら、誰も優しいとは思いません」

「じゃ、なんて思うの」

「決まっていますよ、乱暴、怖い、えげつない」

「なんだその言葉は！　まるでわしが乱暴者みたいじゃないか」

「その通り」

「まあいいか。この外見でびびらせ、優しくすることのギャップが口説きの名手の７７７号だからな」

「まあ、自慢話をしないでさっさとカルンを落としてきなさい」

「さて、一仕事するか」と言い、777号は「トロイデ3の568」へ向かっていくのである。


その頃、遅刻して会社に行ったカルンは就業時間を終えて家路に急いでいた。家路に向かいながら悩み恐れていた。それは朝の出来事が原因であるということは明白であった。なんで情報部員に業務質問をされなければならなかったのか、とても不思議に思うのである。今まで飲み過ぎて喫茶店で仕事をさぼっていても業務質問された経験は皆無であり、飲み過ぎて仕事を休んでも非国民扱いされたことはなかった。確かに飲み過ぎは悪いし、それで会社を休むのも悪い。自分が悪いのであったと落ち込みながら家路に向かった。歩く度に心が痛み、次にどんなことが起こるのかと恐れるのであった。

悩みながらよたよた歩きやっと家にたどり着いた。反省すべきは、飲み過ぎであると思い、これからはほどほどに飲めば、あんな無礼な情報員に声をかけられないだろうと思ったのである。この反省はある面で当たっているが、飲んだ相手が悪かったことにまだ気がつかなかった。


家に帰りお茶を飲んでいると、玄関でノックの音がした。

「はい、どなたですか」

「朝ほど喫茶店であなたに質問した女性情報部員の下っ端のものです。ちょっと質問が足りなかったみたいで、もう少し質問をしたいのですか、いいですか？」

「はい、どうぞ。お入り下さい」と、カルンはドアを開けた、すると大柄な暴力団風の怖い顔をした男が入ってきた。

「あなたは暴力団の手のものですか」

「いいえ、ちゃんとした情報部員です」

「確かに風体で人を評価してはいけないと言われていますが、あなたにぴったりの言葉だと思いますよ」

「それは、お褒めの言葉のように聞こえます」

「褒め言葉です」

「ありがとう」

「感謝されても困りますが、要件を終わらせてさっさと帰って下さい」

「ずいぶんと嫌がられているように思われますね」

「その通り、嫌がっています。容姿端麗な人や美しい淑女なら話をして仲良くなりたいと思いますが、あなたのような風体の人は嫌いです」

「嫌われては困ります、これからしばらく仲良くお話をするのですからね」

「え」

「返答次第では入牢してもらいますよ」

「先ほどの女性の情報員にも言ったが入牢は嫌いです。入牢しないで済むようにして下さい」

「それはあなたの応対次第です」

「困りましたね、災難続きです。先ほどからずっと朝の出来事の次に来ることにおびえていたのですが、現実になるとは恐れ入りました」

「恐れてもどうにもなりませんよ。運命の歯車は回りはじめたのです」

「恐ろしいことを言う人ですね」

「まだ序の口ですから」

「あまり脅かさないで下さい」

「真実を言っているのですからしょうがありませんね。静かに正しく回答をしてくれればすぐに帰ります」

「なんだ、恐れることはない。私は至って正直で、嘘はつけない性格だから安心ですよ」

「何が安心なのですか？」

「この身がです」

「まさかあなたは、あなたの身が痛めつけられるとお考えではないですか」

「そう。私の身が痛めつけられると恐れていたのです」

「その考え方は一部当たっています」

「そうでしょう、あなたの風体から誰でも連想します」

「自分の身を守るために素直な正しい回答をすることです、それが唯一の解決方法であります」

「ではご質問をして下さい」

「では言葉に応えて質問します。あなたは昨晩浴びるほどお酒を飲みましたね」

「はい」

「誰とですか？」

「友達のカンテと飲みました」

「それは正直ですね。何の話をしましたか」

「とりとめのない話です」

「どうしてカンテと飲んだのですか」

「町でカンテを見かけたところ、ニコニコして歩いていたので、飲み屋に行ってその理由を聞き出そうと考えたからです」

「おう、そうですか。それで回答はあったのですか？」

「いいえ。業務上のことだから、言えば首が飛ぶと言って最後まで教えてくれませんでした」

「なるほど、それは残念なことをしましたね」

「全く飲み疲れてくたびれ儲けでした」

「それではどうでしょう。ご迷惑をかけた償いとして、さきほどお会いした女性とあなたとカンテでもう一度お会いして宴会をしませんか」

「えっ？　先ほどの美人とですか」

「そうですよ」

「私は独り者だからとても嬉しいですが、カンテはどう思うか知りません」

「カンテさんも独り身じゃないですか」

「そうですけど」

「ではあなたがカンテさんに会い、お誘いしてはどうですか？　当方の償いなので経費はこちらで持ちます。いい条件でしょ」

「そうですね。では、誘ってみますか。ところで、場所と時間はどうします？」

「そうですね。善は急げと申しますから、明後日の午後7時、ドナイのお店でどうでしょう」

「それは高級な飲み屋ですね。私は行ったことがないので楽しみです」

「喜んでもらえて良かったです」

「では早速、カンテを誘ってみます」

「朗報を期待しています。では、結果を聞きますので、この場所で2時間後、お会いしましょう」

と777号は言い、2人は部屋を出た。

777号は急いで275号の待つ暗い安ホテルに向かった。777号は安ホテルに到着すると汚いドアを三回ノックして合い言葉を言い、ドアを開けてもらった。

「うまくいったのですか？　777号」と275号は問いかけた。

「それがあまりうまくいかなかったよ、275号」

「あなたでもしくじることがあるのですか」

「そう言われると面目ない。しかし、次の手は打ってある」

「まあ、そつのないこと。どんな手ですか」

「カンテとカルンと君で飲み会をするようにと言ってあるので、君の腕に期待する」

「まあ、調子のいいこと」

「しょうがないさ、カルンはカンテから何も聞けなかったのは本当であるとわしは理解した。ならば美人の275号の腕でカンテの口を割らしてもらうしかないと考えたのさ」

「さすが777号らしい推測と解決方法であると褒めてあげますよ」

「褒めてもらっても困るが、どうしてもカンテの口を割らなければいけないからな」

「で、いつどこで飲み会をするの」

「明後日、ドナイの店で午後7時に行うことにしてある。今、カルンはカンテを誘いに行っている」

「まあ、段取りは素晴らしいですね」

「あとは275号の腕次第さ。頼むよ、275号」

「分かりました。必ずカンテに口を割らします」

777号は275号に依頼すると、二人で急いでカルンの待つ部屋に戻っていった。

その頃、カルンはカンテの家に行き説得を行っていた。説得といっても単に飲み会の誘いとカルンは考えて、気楽に行って笑い顔で語っている。

「おおカンテ、昨晩は飲み過ぎたな」

「全く飲み過ぎたよ、バケツで酒を飲んだ気分だったよ」

「そういえばそうだな」

「なんだ。今日は何の用事だ？　ご機嫌うかがいじゃないな」

「陣中見舞いさ」

「何の陣中だ　おまえが知るわけがない。おまえはエンジニアで、俺と住む世界がちがう」

「まあそうだが、俺たちにも誇りがある」

「ホコリ？　部屋のゴミか」

「それは字が違う」

「その通り」

「飲み過ぎた酒は醒《さ》めたかい」

「酒豪の俺様が酒に負けるわけはない、一晩寝ると酒の酔いはすぐ醒める」

「それは良かった」

「何が良かったのだ」

「ただ、おまえの体が心配なだけだ」

「ずいぶんと優しいことを言うのだな。なにか食あたりでもしたのか」

「とんでもない、いたって健康さ」

「その健康なカルンが来られたのだから、何かとても大切な用事があるのではないのかね」

「たいした用事はない。ただ飲み直ししないか、誘いに来たのさ」

「俺は遊びは断るが飲み会は断らないのが信条である。まあ、私の人生哲学である」

「飲んべえの哲学じゃないか」

「まあ、そういえばそうだ。ただ飲むのが好きなだけだと言えばその通りである。ところで飲み会の時間と場所はどこだ?」

「まあ慌てるな。日時は明後日、午後7時、場所はドナイだ」

「時間はいいが、場所が高級過ぎる。俺の安月給ではとても無理だ」

「心配するな、金はいらない。任せておけ」

「おお、それは気前がいいカルン様だ。乗った。明後日七時、ドナイに参ります」

「ありがとう、待っているよ」と言い、カルンは777号の待つ自宅に帰っていった。


予定の時間を少し過ぎて家に帰ると、驚いたことに、今度は男女が待っていた。おのずと知れた777号と275号であった。

「遅いぞ、カルン」

「すいません。説得に時間がかかりまして」

「まあいいか。で、説得は成功したのかね」

「はい、了解を得ました」

「それは良かった」

「ところで隣の女性……。思い出した、政府の情報部員だ！」

「その通り」

「どうしてここにいるのですか」

「飲み会にこの275号が参加することになったから、面通しをするため連れてきた。仲良くやるように。では頼むよ、275号」

「了解しました」

　777号は　去っていき、部屋にはカルンと275号だけが残された。

「お久しぶりですね」

「いいえ、先日お会いしたばかりですよ」

「そう言われれば、そうですね」

「美人の275号さんと私とカンテでドナイで飲み明かすのですか。とても楽しい夜になりますね、光栄です」

「ずいぶんとうまいこと言うのね、カルンは」

「私は根が正直ですから、思ったことしゃべるのが常です」

「いい性格ね。裏表のない性格なのね」

「まるで褒められているみたいでこそばゆいです。ところで、あなたをカンテにどのように紹介すればいいですかね」

「確かに紹介の仕方が大切ですね」

「怒ったらカンテはすぐ帰りますよ」

「帰ってしまったら大失敗になります。あなたはなんと言ってカンテを誘ったのですか？」

「はい、先日の飲み会の話をし、飲み過ぎたからどうかと聞いたところ、大丈夫だと返答したので飲み直ししないかと誘ったら、『飲んべえは飲む誘いは断らない』と言ってきたので時間と場所を言ったら了解したのでありました」

「そう。とても簡単な誘いね、でも確実に目的を果たしていますね。素晴らしい」

「褒めてもらって、ありがとうございます」

「でもあなた方の行く飲み屋は安酒の店じゃないですか、今度行く店は高級なレストランのドナイですよ、よく了解しましたね」

「確かに最後に言われました、ドナイに行く金はないよとね。そこで、金は心配するな、任せておけと言ったら、乗ったと叫び、来ることになりました」

「金はあなたが持つと言ったのですね」

「その通りです」

「まあ、いいか。分かりました。では気楽作戦で行きましょう」

「気楽作戦とはなんですか」

「すべては私に任せなさい、あなたはただ正直なあなたで、ただ飲んで騒いでいなさい」

「そんなんでいいのですか」

「いいです。だから私を、あなたのお友達だと紹介して下さい」

「分かりました、あなたをカンテに友達と紹介します」

これで打ち合わせが終了したと275号は認識し、握手をして去っていった。


カンテの最大の欠点は飲むことにはなんでも乗ることであった。

この飲み会から運命の歯車は大きな音を出して回り始めるのである……。

カンテはとても機嫌がよく、口笛まで吹いて仕事をやり上げ、飲み会への心と体の準備をするのであった。

カンテは独り者で非常に用心深い人間であるから、出かけるときは必ず火の始末と鍵の状態を確認するのが常であった。いつものように火の始末と鍵の確認をして、勇んでドナイに向かった。

心の中をのぞいてみると、今日は飲みまくるぞとしか申していないようであった。なんせ安給料のカンテにとってはドナイは憧れの的であったといっても過言ではなかったので無理もない。ドナイは格式が高く、入り口には黒い服を着た2人の男が立っており迎えてくれた。さらに中に入ると赤い絨毯が敷いてあり、案内人が現れ、席まで案内してくれた。いつも行く安酒場とは偉い違いである。この違いがカンテの目をくらました。さらに驚いたことに、行った先にすごい美人が微笑んでいたのである。

カンテは、たまらない気持ちが舞い上がってしまい、「この席ですか？」と驚いて思わず案内係に聞いてしまった。

「間違いございません、ご主人さま」

「そこの紳士、お名前はカンテさまですね？」

「そっそうです」

どもりながら答え、横を見るとカルンがニコニコとしてこちらを見ていた。

「カルン、このお嬢様は誰ですか」

「お嬢様は僕のお友達です」と回答が返ってきたのであった。カルンの友達はカンテの友達であるから、おのずとこの美人は私の友達であるとカンテは理解した。

「友達の友達は友達でしょ、カンテさま」

「そうなりますね」

「失礼ですけど、お名前は」

「言い忘れておりまして失礼します。私は、カルンの友達のケイと申します」

「ケイ様ですね。それにしても美しい、カルンのような不細工に似合わない美しい人だ」

と言うと、カルンは「それはあんまりだ」と言って怒った。

ケイこと275号が話に入り、「まあご両人仲良くして下さい、これから楽しい飲み会があるのですよ」

と言った。

「そうだよ、怒るなカルン、ちょっと言い過ぎたこと、許してくれ」「分かった、カンテ」と、カルンが怒りの矛先をおさめたのである。

美女と野獣が高級レストランで宴会をしていると言ったら言い過ぎかもしれないが、まあ、似たり寄ったりの状況であった。

ケイが給仕に乾杯用のシャンパンを持ってくるよう命じた。するとすぐにシャンパン1本とグラスが3つ運ばれてきた。

「では、カンテ様。3人の健康を願って乾杯しましょう」3人ともすぐにシャンパンの封を切りなみなみとグラスに注ぎ一斉に乾杯と言い、一気にシャンパンを飲み干した。カンテはあまりおいしいので「うまい」と叫んでしまった。

「そんなにおいしい？　カンテ様」

「本当においしい、このような酒を今まで飲んだことがない」

「それは良かった」とケイは言った。

「確かにうまい」とカルンも同意した。

乾杯を皮切りに、次から次へと高級な料理が前のテーブルの上を埋め尽くすのであった。高級な酒が次から次へと出てくるのでそれらを飲み干し、高級な料理を頬張るのであった。

「ところでケイ様」

「はい」

「このようなむさ苦しい男と食事をしていただきありがとうございます」

「まあ、カンテ様は紳士ですね」

「え、そう言われると照れますよ」

「カンテ様はどこのお生まれですか」

「この土地で生まれて、いまだどこにも行ったことがない」

「外の世界をまだ見たことがないのですね」

「そうです」

「おかわいそうに。外の世界は、楽しさ、苦しさ、希望に満ちています」

「その楽しさ、苦しさ、希望とはなんですか」

「例えば、外の世界に行くのには多くの危険や疲れが生じます。しかしまだ見ぬ土地は美しく感動を与えるものです。苦あれば楽ありということです。他国の文化にふれ、自国の状態を知り、今から何をすべきかの指標が見つかるかもしれません。これが希望です」

「確かに私たちには、夢も希望もない。ただ言われたまま仕事をし、安酒を飲み、細々と生きているだけである」

「それは人間として幸せですか」

「いいえ、幸せではありません」

「一度カンテ様も外の世界を見に行ったほうがいいですよ」

「そう言われても、外の世界にいけるほど金も目的もない。おまけに、そのような勝手なことをすると神主に目をつけられ、牢獄に送られるのが積の山ですよ。さらにこれからの生活ができなくなり、死ぬしかなくなります」

「まあなんて自虐的な発想でしょう」

「みんなそう思っていますよ」

「寂しい人たちですね、あなたを含め」

「全く寂しい現状であります」

「今の現状を打破してこそ、新しい未来が開けるのではないですか」

「私も今の現状を打破し、新しい未来をこの手でつかみたいものです」

「ほかの人と違い、少しは見込みがありそうですね」

「何の見込みですか」

「新しい世界をつかめる人間の見込みです」

「私に新しい世界がつかめるでしょうか」

「つかめますよ、多くの努力をすれば　きっとつかめます」

「そうですかね」

「ただし、大きな勇気が必要です」

「どのような」

「しいて言えば、今の生活を捨て外の世界へ飛び出す勇気です」

「そう言われましても、そんなこと無理ですよ」

「さっき言ったように、ただ生きていくために生きている人間に、そんな度胸はありません。見たくありませんか？　外の世界を」

「見たいですね」

「砂漠を越え旅をし、船に乗り世界を旅すれば、大きな富と希望が手に入るのですよ」

「大きな富と希望にとても興味があります」

「誰でも持っている欲の求めるものです。欲には2つあり、それは富と名誉です。ただし希望は違います。希望とは生きていくために必要なエネルギーであることは間違いありません。希望というエネルギーで富と名誉を得るのが人間の仕事であり、存在意義であると私は考えます」

「素晴らしい考えですね　恐れ入ります」

「私も含め大多数の人には、夢も希望もありません、どうすれば富と名誉を得られるのですか」

「夢と希望を持ちなさい。必ずや富と名誉は得られるのです」

「ずいぶんと励ましてくれますね、ケイ様」

「あなたたちが次の未来を作っていくからですよ」

「私も日頃から悩んでいます。なぜ生きているのだろう、酒を飲み一瞬の喜びを感じるためだけに生きているのだろうかと思っていました」

「それは一種の酒依存症です」

「酒は一つの麻薬に過ぎないのかもしれません」

「その通りです」

「私も酒に溺れる日から逃れ本当の喜びを味わいたい、味わわせて下さい」

「ずいぶんと切ない希望ですね」

「切なすぎるかもしれませんが、一筋の希望にすがり人生を生きていきたい。このどこがいけないのですか」

「少し言い過ぎたかもしれませんが、人は仕事をし、妻を娶《めと》り、子を作り、仕事と子供をこの世に残すのが使命のはずです。己の仕事以上に希望にすがるのは誤りであることになります」

「そう言われましても、独り身の私は希望という幹にすがり生きるしかないのです」

「では恋をしなさい」

「そう急に言われましても、相手がいません」

「相手を紹介してあげましょうか」

「え？　女性を紹介してもらえるのですか」

「協力いたしますよ。相手ができればバラ色の人生が開けるのではないですか」

「そうですね。しかし、今の安給料では、女性を幸せにはできません」

「愛があれば貧乏でもやっていけるものです」

「その、愛とはなんですか」

「相思相愛であれば、金はいらないのです」

「片思いでは幸せになれないのですか？」

「片思いでは結婚はできませんから」

「紹介してもらっても、相手に気に入られなければだめなんですね」

「そうです」

「好きな相手と結婚し、子供を作り、夢と希望に満ちた仕事をし、後世に仕事を残すのが人の生き方なんでしょうか？」

「なかなかあなたは頭がいい」

「褒めてくれてありがとう。私としては、都合がいい考えと言われるかもしれませんが、夢と希望に基づいて仕事をし、恋する乙女を妻に娶り、子供を作り育てるのが理想ではないのですか」

「そうともいえますね。あなたにとってはいい進路ではないのですか」

「果たして、私の仕事は夢と希望を満たすのだろうかと疑問に思います」

「偉い、悟りましたね。ところであなたの夢と希望はなんですか」

「そう言われても困るのですが、しいて言えば富と名誉ですね。人に尊敬され、豊かになりたいのです」

「ずいぶんと贅沢な夢と希望です」

「いよう、ご両人、ずいぶんと話が弾んでいるんじゃないですか」

とカルンが話に首を突っ込んできた。

「なんだ、この飲んべえにこんな難しい話が分かるものか」

「飲んべえにも耳があるから聞こえるのだ。こんな死んだ鯖のような目をしてとっても酔っているカルン様でも分かるのだ」

「何が分かるのか、言ってみなさい」

「俺にも昔、夢があった」

「ほう、どのような」

「改まって言えるようなものではないが、金持ちになって、美しい妻を娶り、楽しい人生を送る夢だ」

「なんて浅はかな夢だ、近所のごろつきでも誰しも持つ一般的な夢だな」

「そうだ。何がいけない」

「いけないことはないが、あまりにも寂しい」

「俺たちには、もう一つ上の夢と希望がある」

「夢にもランクがあるのか」

「あるさ」

「俺も初めはおまえと同じような阿呆であったと痛感しているのだ。ケイ様に言われるまで全く考えもしなかった。世界の扉を開けて見せてもらった気がする」

「全く考えなかった世界とはなんだね」

「俺たちは一つの制限された島に生まれ育ち、一つのシステムに組み込まれた箱の中の鳥に過ぎないのだ。ただ餌を与えられ、無我夢中で生きているだけに過ぎない」

「すごいこと言うね。君は反社会的思想に目覚めたのかね」

「いや違う。人間として、いかに生きてくかの葛藤に目覚めたのです。そう。どのように夢と希望を持つかが一番大切であることに気がついた。だから、夢にランクをつけたのさ」

「なるほど」

「俺たちみたいに頭が悪くて度胸のないものに合う夢と、頭が良く見た目に美しい人が持つ夢は全く違うことになる。つまり、分相応の夢を持ち、生きていくのが幸せなのかもしれない」

「カンテが哲学者か宗教人みたいに見えてきたよ」

「ありがとう」

「カルン様とカンテ様、2人の夢はよく分かりました」

「どのようにですか」とカンテが聞いた。

「そうですね。整理すると、カルン様は富と女、カンテ様は富と名誉になります」

「まあその通りですね」

「共通項は、富であることが分かりました」

「そりゃそうだよ。金がなければ何もできないし、生きてはいけない。だからいつも一攫千金の夢を追いかけているのさ」

「そうだ、そうだ」とカルンも相づちを打つ。

「そこで、２人に質問があります」

「なんですか」２人は同時に回答した。

「もしあなたに大量の金が手に入ったら、何に使いますか？　ではカルン様、どうぞお答え下さい」

「そうですね、家を買い、妻を娶り、遊んで暮らしますよ」

「では、次のカンテ様。どうぞ」

「難しい質問ですが、今言えることは、もらった金貨で分相応の暮らしが保証されれば、妻を娶り家を建て、余った金は貧しい人に分け与え、、貧しい人を救う政治をして人々に尊敬される人生を送っていきたいものです」

「カルン様は一般的な怠け者の金の使い方です。それに比べカンテ様は崇高な金の使用方法であると言えます」

「ずいぶんと手厳しい評価ですね」とカルンは言った。

「確かに厳しい評価でありますが、まだまだ向上してほしいという思いがあるのです」

「カルンへの評価には、厳しいけど優しさがあるということですね」とカンテが言い出した。

「どこが優しいのだ、教えてくれ」と非難を込めた言葉でカルンは言ってきた。

「言われた言葉の意味を考え、己を振り返り、何がいけないのか、何をなすべきかを考えるのが人の道であると俺は考える」

「そう言われても、ケイ様が言った〝怠け者の〟という評価は許せない」

「みんなそう思っている」

「ではみんな怠け者になってしまうじゃないか」

「そう言われれば　みんな怠け者であるという結論に達するな」

「でしょ。カンテのように考える人は少数で希であると私は思うのであるが、間違っていますか？生活には、金が必要である。必要でない金があれば、贅沢をし豊かな生活をしたいのが人の性であり、他人のことは全く考えないのが人間かもしれないはずです」

「すごいこと言うね、カルンは」と驚くカンテである。

「快楽の世界で人生を終わらせたいと常に考えている、しかし現実は厳しく金はなく生活していくのがやっとであり、たまの安酒を飲むのが楽しみである寂しい人生を生きているのだ」

「切実な話ですね」とケイが同意した。

「こんな貧しい生活をしている人に〝金があったら〟と言われたら〝贅沢して遊び回る〟と言ってどこがおかしいのだ。教えてくれ」

「確かに、そうですね」と再びケイが相づちを打つ。

「貧しい故に、人殺しがあり、盗みがある」

「そうかもしれないね」と今度はカンテが同意するのである。

「貧しさを改善すれば、盗み、人殺しのない世界になるのかもしれないね」

「そうだね、少なくとも盗みはなくなるよ」

「全ての人を金持ちにすることはできない今の世界である。なぜならば、金ばかり与えるとカルンみたいな人は全然働かなくなり、社会は消滅することになる」

「その恐れもあるね。俺みたいな人が大多数ならそれはあり得る」

「だから貧しさの中で人々を飼っておく必要があるのだね？」

「その通りだ」

「その理論に基づき、俺たちは　食うや食わずの生活をしていることになる」

「この貧乏地獄から脱出し、金持ちの生活をしたいよ」

「俺もそう思う」

「その点においては同意見だね」

「そうさ」

「どうすればこの貧乏地獄から出ていけるのか教えて下さい。ケイ様」

「ずいぶんと直接的な質問ですね。代償を支払わなければ脱出はできません。名誉、労働を差し出さなければ、得られないものです」

「私たちはいつも金さえ得られれば名誉、労働は差し出す気はあります。そうだね、カンテ」

「そう言われても、私には名誉と仕事があるからカルンみたいにはできません。私は小さいころから『盗み、欺し、殺し』はしてはいけないと教わって育ってきました。さらに大人になると人同士の信頼が一番大切であると感じるようになりました。故に人の信頼を損なうことは命にかけてできないのです」

「カンテ様は誠に誠実なお方ですね」とケイが褒めた。

「ありがとう」

このようなとめどもない会話をしていると、白々と夜は明け、朝が近づいてきた。

「毎度のように飲み出すと歯止めがきかず朝を迎えるね、カルン」

「そうだね、カンテ」と2人で話し合うのであった。

「まあ、2人とも飲み出すと止まらない性格なのですか」とケイが尋ねた。

「そうなんです、困ったものです」

「都合のいいことに今日は日曜日ですから、仕事の心配がないのが救いです」

と言うカンテであった。しかし飲み過ぎもあって、目はくぼみ、疲れの様子がうかがえた。

「カンテ様、お疲れみたいですね」

「はい。正直言って疲れ果ててました」

「ところでカンテ様の仕事はなんですか？」

「はい、建設技術者です」

「それは素晴らしい。毎日お仕事は忙しいですね」

「いいえ、本業はあまり忙しくないのです。忙しいのは、神主様に依頼された仕事です」

「なんで建設技術者が神主様の仕事をしているのですか」

「それは色々ありまして、神主様の手が足りないからと上の者が業務を受託しまして協力しているのです」

「それは大変ですね」

「ほんと二足の草鞋を履いて生きている身ですからね。神主様は全く気まぐれで困ります、今度は避暑地に行くとおっしゃって……困ったものです」

「あなたは神主様が気まぐれで行く旅の世話をしているのですか」

「そうなりますね。もうだめです」というと、カンテは倒れて寝てしまった。

「まあ、お行儀が悪いことで困ったものです。カルン様、カンテ様が倒れたので、家に運んで下さい」

「毎度のことですから運びます」

「あなたは酒に強いですね」

「取り柄は酒に強いことだけです」

「あなたがカンテ様でなくて良かったわ」

「どういうことですか？」

「あまり考えないほうがいいですよ」

「はい」

「私は会計を済まして帰りますので、カンテ様の面倒を見て下さい」

「はい、行います」

カルンはカンテを背負い、店を出ていく。これで一夜の酒飲み大会は終了したのである。街路に太陽が当たり、回りが明るくなるころ、カルンがカンテを背負い道を歩いていると、いつも朝早く町を巡回している牛乳屋が親しげに話しかけてくるのであった。

「おや、カルン様。毎度の朝帰りですね、うらやましいことで」

「これでも大変だよ、毎度カンテを背負っての朝帰りだからな」

「確かに大変ですね、友情はいいものです」

「何が友情だ、腐れ縁だよ」といつもの会話を交わし、牛乳屋は忙しそうにその場を離れていった。この景色はこの町のいつもの日曜日の朝の光景であるから、カルンは何も言うことがなかった。

第三章　調査される神主の動向

ケイこと275号は、777号とよからぬ謀をしていたのである。

「へイ275号、夜の遊びはどうでした」

「何が遊びですか、仕事ですよ」

「おお、そうだったな。首尾はどうした」

「首尾はうまく運びましたよ」

「おお、それは良かった」

「カンテは吐いたのか」

「吐きました」

「なんと言ってたのか」

「まあ慌てないで下さい。水を飲んでから話します」

「一呼吸おいて話したほうがいいよ、275号様」

「ずいぶんと丁寧な言い方ですね」

「尊敬してますから」

「茶化さないで下さい」

「では、成果を話してくれ」

「なんせ朝まで一睡もせず飲み、話し続けて、あふれるように金を使って得た情報ですからね」

「ずいぶんと勿体ぶって言うじゃないか２７５号」

「ではお話しします」

「うむ」

「カンテは建設技術者であります」

「なんと、建設技術者が神主に依頼された仕事をしているのか」

「そうです」

「何かとんでもない物を作るのではないか？」

「いいえ、そんな心配はないとのことです」

「そうか」

「カンテの勤め先は建設会社であるが、会社がカンテに神主に仕える仕事をするよう命じたそうです」

「神主に仕える仕事はなんだね」

「神主の旅の手伝いをするとのことです」

「なんだ、旅行会社か」

「まあそんなものです」

「近々、神主は避暑地に遊びに行くとのことです」

「おお、それはいい情報だ。神主のいない間に『魂の書』を盗もうではないか。しかし、神主がいつ、どこへ何日行くかは分かったのか」

「いいえ、分かりません」

「分かったのは神主は避暑地に行くということだけです」

「では、その旅行計画書を盗むのは300号にやらせるか」

「それはいい考えですね。300号は盗みの天才です」

「そうよ。彼が盗もうとして盗めなかったのは『魂の書』だけと聞いている」

「しかし今度は大変ですよ」

「何が」

「計画書を盗んだことを知られてはいけないからです」

「そうだ。計画書が盗まれたことがばれると『魂の書』を盗む計画がご破算になるな」

「どうでしょう、ここに300号を呼び相談するのはどうですか」

「それはいい提案だ。早速実行しよう」

しばらくすると、うさんくさいじいさんがやってきた。

「おおこれは777号様、ご機嫌麗しいでしょうか」

「まあ機嫌はいいわさ。なにせ『魂の書』が手に入りそうな状況になったからな」

「ええ？　あの書が手に入るのですか？　そ、そうですか。私でさえ盗み損ねたあの『魂の書』をですか」

「腕のいいあなたでも盗めなかった『魂の書』である」

「あんまり強調しないで下さい。内心、傷ついているのですから」

「内心も外心も全て傷つきなさい」

「ずいぶんとひどいお言葉ですね、相変わらず」

「そう。わしは顔は悪いし言葉も悪いのが売りです」

「そんな売りはお断りです」

「まあそうだろう、正常な回答だ。ところで300号、もう一度『魂の書』を盗まないか？」

「そう言われると、私としては一生の汚点である唯一盗むのに失敗した『魂の書』を盗みたいとの回答に決まっています。『喜んで』という言葉を付け加えることができます」

「ずいぶんと積極的だな」

「当然です」

「まあ、良かろう。では現状を話そう。ここにいる275号は先日、カンテという神主の配下の者に目を付け飲み屋に誘い出し、神主の様子を聞き出した」

「おう、それは素晴らしい仕事ですね。感嘆いたします」

「どうも300号は言い方が丁寧過ぎるから話の腰が折れる。もう少し自然体での合いの手、回答を望む」

「分かりました、気をつけて話をいたします」

「よろしい。話を続けよう」

「神主が避暑地に行くことが分かったが、いつ、どこへ、何日行くかが分かっていない」

「それは困りましたね」

「そこでだ。300号にまず、旅行計画書を盗んで欲しいのだ」

「そんなの簡単ですよ」

「さすが盗みの天才だな。わしも300号には日頃の功績からも簡単に計画書を盗めると思っている」

「ありがとうございます」

「ただし今回は少し難しい盗みである」

「私みたいな人間にも難しい盗みがあるのでしょうか？」

「ある。今回が『魂の書』を盗む最大の難関になるのだ」

「どうしてですか、計画書を盗み、計画書を読み、神主のいない時に『魂の書』を盗めばいいじゃないですか」

「実に今の筋書きで今回の計画は遂行しているが、３００号が神主の避暑地行きの計画書を盗むとする、それを神主が知ったとする。どういう行動に出ると思うかね？」

「ばかでなければ避暑地行きの計画はご破算にするでしょう」

「そうだろう。ただ盗むだけでは今回の仕事が頓挫することになるのだ」

「分かりました」

「どのようにかね」

「盗みがばれないように、内容だけを盗んで、避暑地行きを実行してもらうのが一番いい方法だと考えます」

「さすが、分かりがいい。この仕事が君にできるかね」

「できないことはないと思いますが、一度忍び込み、実際の状況を知り、それから方法を考えるのが良いと考えます」

「さすが盗みの専門家、回答がしっかりしている」

「ありがとうございます」

「頼むよ３００号」

「はい。吉報をお待ち下さい」

と話を終わらせ、３人は別れていくのであった。

３００号はアジトに帰り、早速手下３人をを呼びつけ作戦会議を開いた。３人にも一応呼び名があることを今お伝えしたい。３０１号、３０２号、３０３号である。

「こりゃ手下ども。先ほど７７７号様からすごい仕事をいただいてきた」

「それはおめでとうございます親方」と、いの一番に３０１号が答えた。

「確かにありがたいことだ」

「ところでどんな仕事ですか」

「書類を盗む仕事だ」

「え？　簡単みたいですね」

「いや、ちょっと難しい」

今度は３０２号が質問した。

「どうして難しいのですか？」

「ただ盗むだけではない」

「ただ盗むという仕事に、盗む以外の難しさがあるのですか？」

「ただ盗むというのは物を盗むことであり、今回は内容だけを盗むから難しいと言っているのだ。さらに、盗まれたことを盗まれた人に感づかれてはならないから難しい」

今度は３０３号が言ってきた。「書類を盗むのではなく、書類の内容を盗むのですね」

「その通りだ。大体今回の仕事の内容が分かったかな？」

3人は一斉に回答した。「はい、分かりました」

「なかなか物分かりの良い手下だ」

「これから綿密な計画に入る。301号、大きい紙を持ってきなさい」

「はい」

すぐさま白い大きな紙が机の上に置かれて、会議が始まることになった。300号は、カンテが今回の目標であると書き、次にカンテの家、事務所の所在地を記入した。

302号が質問をしてきた。「このカンテというのが、対象者ですね」

「そうだ」

「どこに計画書があるかは分からないのですか」

「今のところそうなる。これからどうすればいいか相談する。誰でも自由に発言しなさい」

303号がまず言い出した。

「最初に、カンテの動向を観察するところから始めてはどうでしょうか」

「それはいい考えだな。動向を観察して、どうするのだね？」

「そうですね。カンテは朝起き、会社に行き、神主の避暑地行きの計画書を作り、神殿に行き神主に報告すると私は読みます。報告した計画書は破棄され処分すると思いますから、破棄した報告書を盗めばいいことになり、破壊する場所を調べ、破棄した書類を盗むのでたやすいと考えるのです」

これに対し301号が異論を唱える。

「それはおかしいのではないですか」

「どこがおかしい」と３０３号が怒った。

「まあ怒らないで下さい、話し合いですから冷静に話をしましょう」

「はい」

「私は、書類は提出用と保管用に分け、廃棄することはないと思います。保管用は事務所の金庫に保管される可能性があると考えます」

「なるほど、そういうこともあるな」と３００号が相づちを打つ。

すぐさま３０１号が述べた。

「つまり、このカンテという人間がどういう人間かにより書類の扱い方が違ってくるので、一概に言えないのではないでしょうか」

「そういうことになるのかな」と心配そうに語る３００号である。

「うん。カンテの行動を見張るのが重要な気がする」と３０１号が言った。

「カンテの行動を見張れば書類の作成と完成、提出が分かるはずであるよ」３０２号も同意した。

「誰がカンテを見張るかな」と３００号が問うと、
３０３号が手を上げて言った。「私が、カンテの動向を監視し親方に報告します」

「では次だが、事務所は誰が監視するかな」

すると３０１号が手を上げた。「私、３０１号が監視します」

「よし。そうなると神殿は誰が監視するかな」

「はい、302号が監視します」

「結果論だが私がカンテの住居を監視することになった。全ての監視結果の情報は300号の私に連絡してくれるようにな」

「はい、分かりました」と3人は一斉に答えるのであった。

「しかしもう一つ言いたいことがある」

「なんでしょうか」と、3人が一緒に聞く。

「おまえたちは仲がいい兄弟みたいだな」

「どうしてですか」と301号が聞くと、300号は笑いながら、「おまえたちの回答と質問が一緒に聞こえてくるからだよ」

「そう言われれば、そうですね」3人は一緒にうなずくのであった。

「まあ良い、仲が良いのは良いことだ。言い忘れたことがあるから静かに聞いてくれ、3日に一度午後10時にこの部屋に集まり作戦会議を行うから、決して忘れないようにな」

「はい忘れません」また3人は一緒に答え、現場に散っていったのである。

その頃、カンテは周りの事情は全然知らずにひたすら神主の避暑地への計画を考えていた。事務所で提出期限を明記した紙を机の上に張り、頭にはちまきをして必死な形相で悪戦苦闘をしていたのである。

事務員の女の子がお茶を持ってきてカンテの顔を見て、驚きの声を出すのが常になっていた。

「まあカンテ様、どうされたんですか。そんなにお顔を赤くして。どこかお悪いんですか」

「あんたは毎日人の顔を見て同じようなことを同じように言う。何が楽しいんですかと言いたいよ。いつも言っているだろ、神主様の仕事で気合いが入り、ものすごく焦って顔が赤くなっているの」

「でも今日は一段と赤くなって、太陽みたいですよ」

「ええ？　それは大変だ。医者に診てもらおうかな」

この話を聞いていた上司が横を通りかかり、話に入ってきた。

「医者に行くのはやめたほうがいい」

「どうしてですか」カンテが聞いた。

「君の顔が赤いのは仕事に気が入りすぎたためではない、単なる飲み過ぎだ」

「それは当たっているかもしれない」

「当たっているかもしれないではなく、図星だよ」

「そういえば昨日徹夜で酒を飲んだ記憶がある」

「今の君のような状態は、酒をやめて時間がたてばなおるさ」

「課長は詳しいですね。まるでお医者さんみたいだ」

「私も若い頃は飲み過ぎて君みたいに昼過ぎまで顔を赤くしていたものだ。たいした自慢じゃないけどね」

「さすが課長、人生の先輩だ。尊敬します」

「尊敬されても困るが、飲み過ぎは体をこわすからほどほどにしないといけないよ」

「気をつけます」

「ところで神主様の避暑地の旅行計画は進んでいるのだろうね」

「はい、進んでいます」

「この仕事は大変重要で、できた計画書は提出用と保管用を作り、出すまでは両方とも金庫に保管するようにしなさい」

と課長は言うと、カンテのそばから離れていった。

「やっとうるさい課長がいなくなったが、また仕事が増えた。なにせ報告書は2部作るはめになった」

と独り言を言うカンテであった。

この話を屋根裏部屋で聞いていた者がいた。言わずと知れた303号である。この話を聞き、微笑んだことは間違いない。なにせ素晴らしい情報であるからだ。303号は気を利かし、自らの判断でカンテの言動を見張ることにしたのである。この行為が大きな成果を得られることになったのであった。303号は、さらに　提出期限を知りたいと考えたが、部屋をのぞくことはできないので、ひたすらカンテや他の職員の言動を聞き、分かるまで屋根裏部屋に隠れることとし、3日後にある会合のためのお土産を求めるのである。

次の日も303号は耳をそばだてて屋根裏部屋でカンテの会話を聞いていた。昼過ぎになるとまた課長がやってきた。

「カンテ、たった今、神殿から急ぎの使者が来たぞ」

「え、企画書の催促の者ですか」

「まあそうだ」

「そんな急《せ》かしてもできないものはできないと言ってくれましたね？」

「そう言っても、私の立場だから言えるわけがないだろう」

「で、どのように回答されたのですか」

「怒るなよ」

「返答次第では怒りますよ」

「まあ落ち着いて聞きなさい」

「落ち着いて聞きますよ」

「よろしい」

「元々、企画書の締め切りは今週一杯で、来週の初めには提出するようになっていたはずだ」

「その通りです」

「ところが、今日来た使いの者は今週の末には提出するよう言ってきた」

「ええ、それは無理だ。そんな無理な注文にハイと答えたのですか」

「すまないね。神殿のご命令には逆らえない身分だからな」

「分かりますけど、できないものはできません」

「そこでだ。私は君に部下をつけて仕事が今週中にできるようにと考えた」

「それはほんとですか」

「ほんとだ」

「で、誰が来るのですか」

「新入社員のヨテだ」

「新入社員はお荷物になるだけで役に立ちませんよ、仕事が遅れるだけです」

「そう言うなよ、私の顔を立て新入社員を使い、うまく仕事を仕上げてくれよ」

「課長にそう言われると断れませんよ。ヨテを使って今週の末に企画書を提出します」

「よく言った。期待しているよ」

と言うと、課長はヨテをカンテに預けて去っていった。

「君がヨテ君ですね」

「はい、ヨテと言います。よろしくお願いします」

「まあ挨拶はいいな。では、今回の仕事のことは課長から聞いているね」

「あまり聞いておりません」

「面倒なことになった」

「すいません。足手まといになりそうです」

「なっているよ。しょうがない。メインは私がやるから、書類の作成の手伝いをしてくれ」

「はい。何なりと申しつけて下さい」

「今週一杯だ、頑張ろう」

「頑張ります」と、ヨテは手を上げて言うのだった。ヨテに元気をもらったみたいに、カンテも頑張る気持ちが湧いてきたのである。あながち課長の采配も間違っていなかったようである。屋根裏の303号にとっての2日目が終わっていった。


3日目のカンテの話にはこれと言った話は聞こえなかった。夜10時になると打ち合わせ通り情報部員4人はアジトに集結し、情報の交換をするのであった。

「おお、これは皆様。お久しぶりでございます」

「こりゃ303号、他人行儀な挨拶をするな」と300号がいさめる。

「しかし303号はよほど寂しかったのじゃないですか」と301号が助け船をだした。

(なかなか仲が良いの、手下どもは）と感じる300号であった。

「とにかく、夜は短い。おまえたちが得た情報を各自順番に言うように」と300号が言うと各自が報告を始めた。

「では301号、述べなさい」

「はい。掃除人となり事務所を探索しました。これといっためぼしい物はありません。ただの事務所です。ただ、管理者の席のそばには大きな金庫があり、存在感を示していたのが印象に残りました」

「では302号」

「はい、報告します。神殿は相も変わらず厳重な警備で蟻の入る隙間もないほど兵隊がおりまして、各自巡回し神殿を警備し『魂の書』を守っていました」

「よろしい。次、303号」

「はい、報告します。カンテは企画書の作成に没頭しておりました。企画書の提出期限は、今週の末であることが判明しました」

「おお、大収穫だ」

「企画書は2通作られ、1通は提出用で、他は保管用として金庫に保管されるとのことです」

「なるほど、良い報告だ。最後に私だが、カンテは全くずぼらな男で、あまり自分の住居に帰らず、毎日朝帰りすぐに事務所に行く生活をしていることが分かった」

「単なる飲んだくれですね」と301号言うと、「ひどいアル中だよ」と300号が言い、「困った男ですね」とまた301号が相づちを打ち、「全くだ」と300号が同意した。

「こんな男に仕事を依頼するほど神殿には人材がいないのですか」と302号が質問してきた。

「わしに言われても困る。決めたのが神主であるから、何も言えない。人材がどうかということより、我々の目的は企画書の内容を盗むことにあるから、カンテがどんな人間で、企画書作成に不適格な人間かどうかはどうでもいいのだから、とやかく言う必要はないのである」と300号が言うと、「はい、分かりました。親方」と素直に同意する301号であった。

「ここいらで各自の報告をつなぎ合わせ、現状と対策を考えようではないか」と300号が言うと、

「そういたします」と3人が答えた。

「よろしい」と300号は言い、本題に入った。

「特に303号の調査が目を見張る成果であると考える。企画書がいつまでに作られ、どのように処理されるかが分かったからである。企画書が2通でき、1通が金庫に保管されるということは、我々にとって大チャンスであることが言える」

「親方、それはどういう意味ですか」と303号が聞いた。

「では説明しよう。報告書は2通作られ、1通は神主に提出し、他の1通は金庫に保管される」

「保管されるのが今週の末なれば、今週の末に金庫を破り、企画書を盗み読みし、また金庫に返せば良いのですね」3人が一緒に答えた。

「これからの行動を指示する。しっかり聞くように」と300号は大きな声で3人に命じた。3人も襟を正して神妙な顔で「はい」と答える。

「では言う。まず301号は事務所に侵入し金庫の型番寸法を調べて明日報告するように。その後は監視をし、3日後にこのアジトに来るように」

「はい、行います」と301号は返答した。

「よろしい」

「あとの2人は各自の監視を行い、異常がないか、変更はないかを調査し、また3日後に、このアジトに集まり作戦会議を行う。金庫破りもこの日、このアジトに集まり決行する。これで今宵の集会はお開きとするから、各自持ち場に帰るように」

そうして、各自は持ち場へと帰っていったのである。

3人が去った後、300号はお茶を飲みながら後の段取りを真剣に考えるのであった。これで完璧かなと自問自答した。(なにせミスは許されない、ミスをすると全ての計画がご破算になり、わしの首が飛ぶのだからな)と、ぞっとする300号であった。

(とにかく段取りとしては、3人には見張りをさせ、わしが金庫を破り、このアジトに帰ってきて企画書を読み、記録し、すぐに私が金庫に返せば良いのだな)と、自分に言い聞かせた。(これで私の首はつながるはずであるが、大丈夫だろうか)と自問自答を数回繰り返し満足し、カンテの住居に向かった。


次の日、アジトで300号が301号の訪問を首を長くして待っていると、夜の11時頃にやっと現われた。

「おお301号、待ちかねたぞ。今日は来ないのではないかと半分あきらめていた」

「親方、この僕が命令に逆らうはずがございません」

「そうじゃ、信じておったよ。ところで、金庫の型番は分かったかな」

「はい、分かりました。SPの78911です」

「この金庫は最新式で、鍵と暗証番号がなければ開かないはずだ」

「え？　それでは金庫破りができませんよ、親方」

「困ったな」

「困りましたね」

「2人で困ってもしょうがない。そうじゃ、鍵は301号が盗んできて、複製を100号に作らせるとしよう」

「暗証番号は、2通の計画書ができ1通を金庫にしまうとき301号が盗聴して知ることにしよう」

「よろしい計画ですね、親方」

「そうだろう？　わしもそう思う」

「ですけど、一つ言いたいことあります。どのように鍵を盗み、気がつかれないように戻すのですか教えて下さい」

「それはおまえが考え、実行すればいいのだ」

「私は頭が悪いから、親方みたいに簡単には盗むことはできません」

「おまえも泥棒のベテランだからできないはずはないと思うのだが、間違っているかい」

「親方におだてられても、できないことはできません」

「では現状を説明しなさい」

「はい、鍵は2本ありまして、1本は社長が持ち、もう1本は課長が持っているのです。それも、肌身離さずいつも持っているのです」

「まさか体に括り付けて持っているのではあるまいな」

「そのまさかです」

「え、それはまずい。非常にむずかしいことになった。つまりだ。社長と課長に気づかれないで鍵を盗まないと金庫は開けられないことになったな」

「そうなんです」

「301号ができないというのは理解できたよ。理解はできるが、どうしても社長と課長に気づかれずに鍵を盗んで複製を作り、計画書を盗み出し、内容を読み取って計画書を金庫に返さなければ、この計画は頓挫することになる」

「ごもっともで」

「同意されても全く先に進まないではないか」

「怒らないで下さい。私も悲しくなります」

「はて、どうすればいいか。お茶を飲んで頭を冷やして考えよう」

「そういたします」と、両者はお茶を飲み、頭をかかえて1時間ぐらい悩んでいた。

「こりゃ、腕の良い301号何か良い知恵は浮かんだか」

「はい。課長の1日の行動を見張り、隙を見て眠らせ鍵を奪い、計画が完了したら課長の体に返すのではどうでしょうか」

「おお、なかなか良い知恵だ。おまえの計画では、課長を眠らせて企画書を盗んで返すのは前回の会合から3日目、つまり明後日にすることだな。おまえが鍵と暗号を盗まなければ、3日目の計画は全てご破算になるよ」

「その通りです、親方」

「もしうまくおまえが鍵と暗証番号を盗んで計画が成功すれば、沢山の報奨金を与えるから、何がなんでも成功させなさい」

「はい。心して盗んできます」

「たのむぞ」

　この会話が終了すると、2人は各持ち場へと帰っていくのであった。

（親方に言ったことを実行するのはとても難しい、ここでトンズラするのも手である。トンズラしても今回の計画の失敗の責任は全て私になり、組織の恨みを買って死ぬまで追いかけられ、殺されるのが目に見えている）

　301号はとても暗い気持ちになりながら持ち場へ向かうのであった。トンズラしても殺され、失敗しても殺され、どうすればいいと自問自答して一つの答えにたどり着く。それは、生きるために必ずこの盗みを成功させるしかないということだった。生き残るために、明日は課長の行動をつぶさに観察し、明後日は課長の隙をつき鍵を奪い、暗号を盗み、アジトに帰り、みんなで企画書を盗み、内容を読み取って企画書を金庫に返し、鍵を課長に返すという仕事をしなければならないと考えると、身が震えてきた。そうこうしている内に、夜は白々と明けてきた。

身を引き締め、紙とペンを持ち、課長の1日の行動を記録しようと意気込む301号であったが、事務所の様子は、いつもと変わらない。のんびりした1日が始まっていた。

課長が部下を全員整列させ朝の挨拶をし、挨拶が終わると全員持ち場へ帰っていった。同様にカンテも相変わらず赤い顔をして課長の挨拶を聞き、自分の特別室に帰っていくのである。ヨテも同様に特別室に向かったのである。2人とも今の仕事は明日中に終わらせ課長に書類を提出すれば終わるという希望に向かって仕事をするのである。宮仕えの寂しさが垣間見える感じがする姿であった。カンテは早く仕事を終わらせ、たらふく酒を飲むことしか頭になかったのであった。寂しい男である、こんなんだから嫁が来ないのもよく分かると言ったらカンテは目から火を出して怒るに違いない。

それはさておき、事務員の女子に出されたお茶をすすりながら新聞を読むのが課長の朝の2番目の仕事である。新聞を読み終わるとお手洗いに行き一息ついて、部下の様子を見るための見回りに行くのが3番目の仕事である。見回りの順番はいつも決めているのが課長の流儀である。くだらないことかもしれないが、彼にとっては重要なことである。見回りに落ち度があってはならないと日頃彼は考え、見回り順路を紙に書き、見回り内容を記帳する几帳面さがあった。こういうところが社長に気に入られたから課長になったと推測される。几帳面な課長は自分で決めた巡回路を約1時間で回り、自分の席に着席し、すぐに職員ごとの職務内容を記帳するのが日課となっていた。この記帳時間が約30分、かなり丁寧にゆっくりと思い出しながら書くから時間がかかるのである。書いた記録が山のようにあるのでファイルし、ちゃんと保管してあるから偉いが、ファイルの書棚が一杯になり困っている現状であった。

次に課長は各自の職務内容を調べ、工程通り進んでいるかをチェックするのである。これからが彼の仕事になる。工程通り進んでいない職員を見つけ出し、警告回りをするのが大きな役目である。警告し対策を打つのが彼の存在理由であると推測される。この警告と対策、仕事の進行状況をまとめて、週に一度社長に報告するための書類を作成するのが大きな目的であった。社長との打ち合わせは毎週金曜日午前10時と決まっていた。それが明日だと気がついた課長は焦って報告書の作成に昼まで没頭することになる。この様子は屋根裏部屋で３０１号により克明に記録されていた。

昼になると近所のレストランに事務員の女子を連れて昼ご飯を食べに行くのが課長の日課となっていた。昼過ぎ、必ず12時55分には席に座り、１時からの仕事の心の準備をするのである。清く正しく美しくが彼のモットーである。彼は己の清い気持ちのまま仕事に没頭するのが好きな性格かもしれない。まあよく言えば管理職に向いているが、面白みのない堅物の石頭であると言える。褒めているのか批判しているのかと問われると両方なのかもしれない。どちらでも良いのであるが、部下から見れば堅物の石頭で、社長から見ればとても有能な部下になるのである。

この有能な課長は、昼から2時間ほどかけ報告書を書き上げ、3時から今日3度目の見回りに行くのである。ご苦労なことである。部下からはまた来たと恐れられ、嫌がられる存在であった。課長は部下から嫌われていることはいつも分かっていたが、見回ることが仕事であると割り切り、素知らぬ顔をして見回るのであった。職員の所へ行って言うことは大体決まっていた。「仕事の工程は守れるのかね？」「体の調子はどうかね」と、たった二言である。仕事が遅れていると言うと怒られ、体の調子が悪いと医務室に行けと大体言うことも決まっていた。しかし、この二言を言うことで職員を管理していると言えるから、素晴らしい仕事ぶりである。今日も素晴らしい管理職の仕事を1時間こなし、席に着いてお茶を飲み、また書類の整理をする。さらに、5時になり職員が全員帰るまで席に座り事務所を見守るのが1日の最後の仕事である。

しかし、今日は神殿から特別な仕事を受けているので、特別室のカンテとヨテに挨拶をしに行った。

「これ、カンテとヨテ。企画書は明日の午前中にはできるかな」

「はい、努力いたします」

「努力ではない。必ず仕上げなさい。時間が足らないなら徹夜でもしなさい。分かりましたね」

「必ず徹夜してでも明日の午前中に書類を仕上げます」

「よろしい。その気概でやりなさい。期待しています」

と言うと課長はドアを閉め、帰っていった。

「カンテ様、徹夜でこの仕事、終わるのですかね？」とヨテが尋ねた。「終わらせるの」とカンテが言うと、「はい」とただ答えるヨテであった。

多分終わるだろうと３０１号は思い、課長を尾行し、課長の監視へと向かった。夜霧に紛れ街灯の陰に隠れ、課長の後を追っていくと、いつもの飲み屋に入っていく後ろ姿を見た。早速３０１号も飲み屋の屋根裏部屋に入り込み、課長の行動を監視したのであった。

「あら、いらしゃい。トンさん」

「トンとはいつもひどいあだ名をつけて呼ぶね」

「ね、いいじゃない、あなたと私の仲だから」

「まあいいか。では、いつもの酒、出してくれ」

「はい」

「お、早いな」

「嬉しいでしょ？　早く出すから」

「まあ、そうだな」

「あなたが来る時間は決まっているから用意してあるの」

「そういえばいつもこの時間に来る気がする」

「来る気がするではなく、いつも来るの」

「習慣になってしまったみたいだな」

「とても良い習慣よ。私にとっては」

「いや、わしにとっても1日の唯一のオアシスさ」

「嬉しい、今日は1杯奢るわよ」

「嬉しいね。いつも奢ってほしいよ」

「そんなことしたらこの店が潰れます」

「それは困る」

「でしょ。だから奢るのは今日だけ」

「分かったよ。とにかく乾杯しよう」

「では、今日も健康でいられたことに乾杯」とマダムが言うと、「なんでもいいさ、乾杯」と課長は返した。こんなたわいのない会話をし、酒を飲みまくり1時間ほどすると帰りの支度をし、マダムに挨拶し家路に向かう課長である。

家に帰ると「飯、風呂、寝る」が日頃の日課であり、順番的には「風呂、飯、寝る」で1日が終わるのが常であった。これで夫婦の仲は良いのかと疑うが、近所のおばさんとの井戸端会議では「内の宿六は手間がかからなくていい」と他のおばさんに自慢しているから、多分、夫婦仲は良いのだろうと推測する。会社から帰ってきて少し会話してから寝るほうが夫婦の心の繋がりができていいのじゃないかと思うのであるが、そうではないみたいである。こんな夫婦は定年離婚する可能性が大いにあると見た。

「風呂は沸いているか」

「はい、沸いています」と妻が答えると、課長は足早に風呂に向かい、一番好きな風呂に入るのであるが、よく見ると胸に鍵だけは着けて入っている様子が見えたのであった。これを301号は記録したのである。風呂から出ると妻の作った料理を「うまい、うまい」と言ってたいらげるから、妻は嬉しそうにうなずくのである。これが夫婦の唯一の接点なのであった。飯を食い終わると大きな声で「寝る」と言い、寝室に転がり込むように入って、でかいいびきをかいてただ寝る。朝まで熟睡すると思ったが、夜の3時頃むっくり起きて小用をし、また寝直し、朝まで熟睡するのであった。

課長が眠った後、課長の1日の行動を記録した用紙を301号は何度も読み直した。課長の行動でどこに隙があるのかが見つからず、とても困ったが再度読み直し、ある計画を考えた。寝ている間に鍵を奪い、午前3時前に課長に返せば盗まれたことに気がつかないはずである。つまり、初めの睡眠を深くすれば盗まれたことが分からないことになる。あまり好ましいことではないが、妻の作った料理に睡眠薬を入れ、寝てもらえば何も問題はない、という結論に達した。なかなか賢い301号である。

明日はこの家で睡眠薬を料理に混ぜる仕事をし、課長の帰りを待つのが最善の策であると思ったのであるが、暗号を聞く必要もある。カンテとヨテが企画書を午前中に作成し、午後一番で課長に提出し、金庫に一部しまうときの暗号を盗み聞く必要があるから、午前中は事務所を監視し、昼からは事務所で暗号を盗み聞きする。その後は課長の家に行き、夜の食事に睡眠薬を入れ課長の帰りを待ち、寝静まったら鍵を奪い、アジトに帰り、みんなで金庫を破り、企画書を盗み読みし、次に企画書をみんなで金庫に返す。そして鍵を課長の所へ返す。この段取りで、明日は実行しようと心に誓ったのである。


いよいよ301号にとって決戦の日が到来した。夜は白々と明けていくのであるが、301号にとっては大切な日であり、朝が来ても心は緊張の中にいた。朝の冷たい風に反して心は燃えているのである。前日の予定通り午前中は、事務所の屋根裏部屋に隠れ、事務所の様子を静かに監視するのである。昼からが本番であるので耳を澄まし、金庫の上まで移動し、じっと待つのであった。昼ご飯を食べて書類を提出することにしたカンテとヨテは、課長の座っている席に向かった。

「カンテ様、良かったですね。企画書の作成が間に合って」

「うむ」と、愛想なくカンテは答えて書類を持ち、課長の席に向かいひたすら進むのである。

「課長様、ご命令通り企画書が2通できましたのでお持ちしました」

「おお、よくやった。やればできるじゃないか」

「お褒めの言葉ありがとうございます」

「どれ、これが企画書か。よくできている。ご苦労さま。では、一つは私が神殿に持っていくとしよう。もう一つはこの金庫に保管することにする」

「はい」

「では、しまうか。しかし、金庫を開けるのはとても面倒だ。カンテ、ヨテ、書類をしまうのを助けてくれ」

「はい、協力します」と2人が同時に答えた。

「これはとても珍しい金庫で、昔からいる金庫破りには絶対破れない」

「そうなんですか。ずいぶん高かったでしょう」とカンテが聞くと、嬉しそうに課長は話し続けた。

「そうなんだよ。社長が自ら選び、購入した物だからそんじょそこらの金庫とは違う。自信を持って言う。この金庫は絶対破られない、最新式の金庫なのだよ」

「どこが最新式ですか？　あまり代わり映えしないと思いますけど」とカンテが尋ねると、

「この金庫は鍵と暗証番号が揃わなければ絶対に開かないのだ。暗号と鍵の二重のロックがかかっているからね」

「単純に鍵だけでは開かないのですね」とカンテが相づちを打った。

「その通り。では、金庫を開ける作業にかかる。まず、ここにある鍵で後ろの書棚を開けなさい。次に35689番のファイルを持ってきてくれ」

「はい」

「このファイルは暗号を記録してある」

「鍵はどこにあるのですか」

「ちょっと待ってくれ」と言うと、課長はすぐにシャツのボタンを外して首にかけている鍵を取り出し、その鍵をカンテにみせた
「ほら、これが鍵だ」

「ずいぶんと厳重に管理してますね」

「当たり前だ。この金庫が破られたら私の首が飛ぶ」

「それは大変ですね」

「課長の首が飛んだら大変です。僕たちが路頭に迷います」

「大丈夫、次が来るさ。しかしこれで機密がばれ、会社に汚点を残すと会社は倒産するから、君たちが路頭に迷う恐れはあるよ」

「冗談でも言わないで下さい」とカンテは課長にお願いするだけである。

「冗談、冗談。まあ始めるとするか。1人は鍵を鍵穴に入れ、鍵を入れたまま。もう1人はダイヤルを回す」

「ではダイヤルの回し方を言う。右7メモリ、次に左4メモリ、次に右15メモリ、左30メモリ。最後に右20メモリ　左11メモリ、これで開く」

「ああ、開いた」とカンテは喜びの声を上げた。

「開くのは、当然だ。次、ヨテ君。書類を金庫にしまいなさい」

「はい」

「よし、これで終わりだ。閉めるから金庫から離れなさい」

「はい」と言うと、2人は即座に金庫の前から離れた。

「よし、これで終わりだ。ご苦労様。ではカンテ、ファイルを元の場所に戻して下さい」

「はい」と言い、カンテはファイルを元の場所に戻し、書棚をロックし鍵を課長に返した。

　課長は「よろしい」と言い、鍵を首にかけ、服の中にしまった。

「これで今回のプロジェクトは終了するから、特別室を閉鎖する。おまえたちは事務所の席に戻りなさい」

「はい」

　カンテとヨテは嬉しそうに自分の席に帰っていった。

　課長はお茶を飲んで一息ついた後、企画書を持って神殿に行き、企画書を神主に提出した。これでカンテの仕事は終了した。その晩は打ち上げ式で非常に盛り上がったことは間違いない。これらの行動は全て301号に記録されていたことも事実であった。

　課長はまじめで、打ち上げ式には誘われたが行かず、いつもの通り飲み屋に行き、家へ帰ったのである。そこで待ち構えていた301号の毒牙にかかることになったのは哀れである。先回りした301号は課長の夕食に睡眠薬を入れ、準備し待ち構えていた。301号が用意した睡眠薬入りの夕食を食べ、動かしても叩いても起きない状態にし、301号はまんまと鍵を盗むのである。

301号は鍵を盗むとすぐにアジトへ急いだ。アジトでは心配そうな顔をして3人が待っていた。

「遅い、301号」と、着くなり300号が言った。

「すいません、鍵を盗むのに手間取りまして」

「そうか、ご苦労様。ところで首尾はどうだった」

「うまくいきました」

「でかした。さすが301号は泥棒の天才だ。俺が見込んだだけのことはある。鍵と暗号は盗めたのか」

「はい、盗んで参りました。ここにございます」

「おお見事じゃ。では早速金庫を破りにいくぞ」

「はい」と異口同音に3人は答えた。

4人は役割を分担し、仕事に当たった。302号は外からの侵入者の見張り、303号は金庫破りの手伝いをした。300号と301号は鍵と暗号で金庫から企画書を盗み、すぐに閉めて4人でアジトに帰り、企画書を複製した。書類の複製後、現物はすぐに金庫に返す作業をし、301号は睡眠薬で寝ている課長に無事鍵を返し仕事を終了した。泥棒といえど手際の良さには驚かされる。泥棒に感心してはいけないが、「魂の書」がどうなってしまうのか、心配が高まるばかりである。

次の日、課長は金庫が破られ企画書が敵の手に渡ったことも知らず、いつもと同じ生活を過ごしていた。

第四章　狙われる「魂の書」

しかし、山賊の思う通り「魂の書」争奪作戦は進行していくのである。３００号は、企画書を盗めたので早速２７５号と７７７号に会いに行った。

「７７７号のアジトは素晴らしく贅沢ですね」と３００号は感嘆の言葉を発した。

「そりゃそうだ。この軍団の総指揮のアジトだから威厳を出そうと思って奮発して作ったのだ」

「そうですね。頭のアジトですから納得します」

「納得していても困る、ところで企画書は手に入ったのだろうね」

「はい。ここにあります」

「おお、よくやった。泥棒の天才だ。たいしたものだ」

「ずいぶんと褒めますね」と２７５号が言うと、

「何せこの企画書を手に入れれば九分九厘『魂の書』が手に入ったと同じことだからね」

と、嬉しそうに７７７号は述べた。

「そうかもしれないけど、これから大変よ」

「確かにこれから大変かもしれないが、一つの山を越えたことには間違いない」

「その点には同意しますよ、ボス」

「ずいぶんと色々な名前で読んでくれるな。777号と呼びなさい。どこかでこの会話を聞いている者がいたら困るからな」

「はい、分かりました。777号様」

「まあいいか。300号、聞いておくが、神主どもは企画書が盗まれたことは気づいていないな」

「それはだいじょうぶです」

「さすが盗賊の天才」

「この成果も301号の成果でありますから、彼のことを覚えていて下さい」

「いいだろう。この頭の片隅にとどめておく」

「ありがとうございます」

「これから『魂の書』を盗む会議を行う。では各自椅子に座りなさい」

「はい」と2人は言い、椅子に座り手帳と筆記道具を取り出し、背筋を伸ばし777号の方を見つめた。

「おい、あまりわしを見つめるな。ざっくばらんにいこう。あまり緊張すると良いアイデアが浮かばないからな」

「はい分かりました」と275号と300号は同意した。

「３００号、この企画書を使ってどのようにして『魂の書』を盗むのが良いと思うかね。考えを述べなさい」

「私は今まで企画書を盗むことしか考えていませんでしたので、急に問われると困ります」

「確かに今まで３００号には企画書を盗むことだけを命じていた、しかし今からは３００号が盗めなかった唯一の宝を盗むのだから、嬉しいだろう」

「何がですか」

「君の名誉が回復できるのだからさ」

「理論上はそうなります」

「そしてだよ。以前、おじいさんと子供が『魂の書』を盗み、悪霊と山賊に追われて結局『魂の書』を戻した事件があったが、あの彼らと肩を並べ後世に名が残るのだから嬉しいだろう」

「そう言われれば嬉しいです」

「そこでだ。おまえの優秀な手下どもと一緒に『魂の書』を盗んでほしいのだ」

「え、そう言われても困ります。何せ前回『魂の書』を手下と盗もうとして兵隊に追われたので面が割れています。誰か兵隊に知られていない泥棒に盗ませたらいいじゃございませんか」

「ずいぶん自信のない回答だな３００号」

「いえ、事実を言ったまでです」

「なるほど、面が割れているか。面が割れていても闇夜に紛れて盗めば大丈夫さ」

「神殿の警備はすごいです、日夜兵隊が巡回し、『魂の書』前にはいつも兵隊が常駐しています」

「すごい警備だな」

「はいそうです」

「『その警備をくぐり抜け盗むのが一流の泥棒300号でござい』と言えたらさぞ嬉しいだろう」

「その通りですが、『魂の書』の入っている箱は窓際にあり、後ろは断崖絶壁の崖であり、とても盗めません」

「では、盗みに成功した彼らのように岸壁から登って盗む方法もある」

「777号様は泥棒にお詳しい」

「感心するな」

「はい。しかし神主様も馬鹿でないから岸壁の警備も増強しているとのことです」

「なに？　それは困った。どうやって盗むかだ。良い知恵をだせ300号、275号」

「努力します」2人は述べた。

「777号様、先ほど言ったように大変でしょ」と、275号。

「分かっている。だから会議を開いたの。何か言い考えはないものか」

そこで275号は提案した。

「初めに戻って考えを整理し対策を練るのが良いのではないですか」

「それは一理ある。では275号、言い出しっぺだから今までを整理して言ってくれ」

「はい。お言葉に甘えて述べたいと思います」

「許す」

「まず、今回『魂の書』を盗むために企画書を手に入れました」

「その通り」と777号が相づちを打った。

「なぜ企画書を盗んだかを考えるべきです」

「確かに、なぜ企画書を盗んだかが重要だ」と777号が言った。

「なぜ企画書を盗んだかと言えば、神主の隙を見つけようとの意図にございます」と275号が指摘するのである。

「その通りだ、では企画書を読み、神主の動向を調べようではないか」

「その通りです、777号様」と275号が同意した。

「では企画書を読もう。300号、複製した企画書を見せてくれ」

「はい、どうぞ。これが企画書です」

「しっかりした企画書だな」

「神主様に提出する企画書ですから当然です」

「分かった、ではみんなで読むとしよう」

「まず私が読む。次に275号が読み、最後に300号が読み各自の感想を聞かしてくれるのが良い」

「分かりました」と2人は言い、従った。しばらく企画書の読み回しの時間が過ぎていった。最後に300号が読み終わり「読み終わりました」と2人は言った。

「しばらく時間を与えるから考えなさい」と777号が言うと、各自思い思いにお茶をすすり考えるのである。30分位経つとおもむろに777号は机の前に立ち上がり「では意見を聞こう」と述べた。「では275号、意見を述べなさい」

「はい、この企画書によると、神主は兵隊を30人連れ、5日間避暑地での生活をするという計画であることが分かりました。行く日は7日後となっていますから、早くこちらの準備をしなければ間に合わないことが分かりました」

「何の準備をするのかね」

「盗む準備です」

「たとえ神主がいなくても、神主代理がいない間も『魂の書』を警護するはずです」

「そう考えるか。それではどうやって『魂の書』を盗むのかね」

「はい。神主の警護で30名ほど警備がいなくなった神殿に忍び込み『魂の書』を盗むのです」

「ではどうやって盗むのかね」

「はい。断崖の警護の兵隊を襲います。次に断崖を登り『魂の書』を盗むのです」

「ずいぶん簡単に言うけど行うのは難しい」

「そう言われますがこの方法しかないと存じます」

「この方法に異論はあるかね、300号」

「いいえ、最善の方法だと考えます」

「私には警備兵を襲撃する力はありませんが、闇夜に断崖を登り神殿に侵入し『魂の書』を盗むことはできます」

「おおそうか。では、襲撃隊を手配しなければならないな」

「お願い申し上げます」

「うむ。襲撃は神主が避暑地に行った3日後に実行することとする。襲撃隊は6名とし、頭は700号に命じるから、700号と300号はよく相談して実行するよう。必ずや『魂の書』をわしの手元に持ってくるように命ずる」

「はあ、必ずや期待に応えます」と275号と300号は言い、打ち合わせの場所から去っていった。

第五章　神殿の苦悩

その頃、神殿では神主の精神状態の悪化に下の者は手を焼いていた。下の者たちがするのは神主の様子の悪化の話ばかりであった。ついに床掃除をする者が兵隊に神主様の様子がおかしいと話しかけるまでになっていた。

「これは兵隊様、いつもご苦労様です」

「いや、丁寧な挨拶ありがとう」

「先ほど神主様をお庭で見かけましたよ」

「何か異常でもあったのか」

「いいえ、倒れ込んでお付きの者に助けられ、横たわっていました」

「そりゃ大変だ。医者でも呼んできて診てもらったほうがいいのではないか」

「大丈夫です。掛かりつけの医者が診ていました」

「おお、それは良かった」

「ですけど、この頃お倒れになるのが多過ぎます」

「それは仕方がない。早く治してもらったほうがいい」

「よほど悪いのでしょう」

「まあ心配だな、神主はこの神殿の守り神みたいなものだからな」

「その守り神が倒れたらこの神殿はどうなるのです」

「なくなるかもしれないよ」

「え？　冗談でしょ？　私は失職します。家族が路頭に迷います」

「大丈夫。神主様はそう簡単に死にはしません」

「そうならいいですね」

「ここだけの話だが、上層部の話だと神主様の病気を治すため療養させると言っているよ」

「どこへ療養しに行くのでしょう」

「それは秘密、言えば俺の首が飛ぶ」

「兵隊さんの首が飛んだら困るからこれ以上話すのはよします」

と言って床掃除人は去っていった。しばらくすると家具掃除の者が兵隊のそばに来て家具を拭き始めた。今度は兵隊が家具掃除のおばさんに声をかけた。

「おばさん、お忙しそうですね」

「いいえ、毎日のことですから慣れていますよ」

「先ほど床掃除のおじさんが来て、神主様の話をして困ったよ」

「え、神主様がどうされました」

「知らないのかい」

「はい」

「神主様が倒れたと言って神主様の健康を心配してたよ」

「そんな話ですか、みんなからよく聞いています」

「このことはみんな知っていることだな」

「はい。神主様の病気は治るんですかね」

「いや、治るんじゃないか」

「どうやってですか。毎日医者に診てもらっても一向に良くならないと聞いていますがね」

「ずいぶんと神主様のことに詳しい」

「みんながそう言っています。どうやって治すかの話は聞いたことはありません」

「そうか、良かった」

「何が良かったですか」

「いいや、こちらのこと」

「私は忙しいので失礼します」

「では頑張って下さい」

家具掃除のおばさんは次の部屋の家具を拭くために移動していった。このような話をしていると、時間が経ち、警備の交代の時間を迎えた。

「お同僚、ご苦労さま。交代の時間だ」

「え、もうこんな時間か。時が経つのは早い」

「いいじゃないか、交代して休めるのだから」

「まあそうだが」

「退屈な警備のはずだから、よっぽど時間を持て余し、長く感じるはずだがな」

「いや、床掃除のおじさんや家具掃除のおばさんと話していると気が紛れ、時が経つのを忘れるのさ」

「なんの話をしていたのだ」

「神主様が倒れたとの話題で盛り上がったよ」

「ええ？　まずいな。そんな話が外部に漏れたら一大事だ。この話が民衆の心の動揺を招く恐れは大いにある」

「でしたら神主様に申し上げて、神殿にいる者は内部のことは一切話さないよう命じてもらいましょう」

「それは良い考えだ。俺は今度警備につくから、おまえは神主様に先ほどのことを申すよう上司に進言してくれ」

「はい、分かりました」と敬礼して、兵士は上司のいる部屋に向かった。

ノックをし黒い扉を開け、部屋に入っていった。すると椅子に座った上司がお茶を飲みながら笑って言った。

「どうした、こんな夜更けに。警備の交代でてっきり寝ているもんだと思った君がここに来るなんて」

と優しく言ってきた。彼は緊張して言葉に窮したが、か細い声ではっきりと喋った。

「上官殿、先ほど警備していると床掃除の者や家具掃除の者が神主様が倒れて心配だと言ってきました」

「おお、それは大変な事件が広まっているのだな」

「はいそうです。このままにしておくと町中の噂になり、山賊どもに知れて、これ幸いに『魂の書』を盗みに来るやもしれません」

「確かにその恐れはあるな。どうすれば良いと思うのかね」

「はい。神殿にいる全ての者に神殿内のことについて絶対に口外しないよう通達を出してほしいと思い、ここに参りました」

「それは素晴らしい提案である。早速幹部の者に上申いたすゆえ、早く帰って休みなさい」

「はい、分かりました。失礼します」と言って、兵士は上司の部屋から退散した。

上司は兵士の提案を受け、すぐに幹部のところに行き兵士の提案を伝えた。兵士の提案を基に幹部たちが集まり、急いで会議が招集されたのであった。幹部たちは思い思いに意見を述べたのである。

「この神主様の健康の状態が悪いと山賊に知れたら、これ幸いと『魂の書』を盗みに来る恐れは確かにある、困ったものだ。いかに対策を練るかだ、良い意見があれば言ってくれ」と議長幹部が喋ると、幹部1がこれに答えた。

「議長殿、神主様も人間だから病気もしますし、いつかは亡くなります。このようなことに恐れないよう跡継ぎを作り権限を委任したほうがいいのではないですか」

「それも一つの方法だが」

「適任の跡継ぎが今見つからない現状である。なぜかというと、神主様には姫が多いのだが男子がいない」

「え、そうなんですか」

「よく探すと甥はいるが、あまりにも年が若い」

「確かにあまり若いと神主には不適格ですね」

「そうだろう」

「ではお姫様に婿を取らせ、婿に神主をやらせるのはどうでしょうか」

「それも一つの方法だ」

「でも問題がある」

「どんな問題ですか」

「婿は姫が選ぶが、選んだ婿が神主に向くかどうかを選ぶのは幹部たちだ」

「姫が選んだ婿が神主に向かなかったら、どうするのだね」

「それは困る」

「だろう」

「では、私たちが選んだ男とお見合いしてもらい、その中から決めてもらうのがいいんじゃんないかね。確か娘は5人いる」

「5人もいるのですか」

「しかし誰一人結婚していない」

「それも困ったもんですね、親は何をしているのですかと言ってやりたい」

「その何もしてない親が神主様だからどうしようもないのだ」

「では5人の姫と私たちの選んだ男たち20名ほどと集団見合いをさせるのはどうでしょうか」

「それは良い方法だ」

「早速手配しよう」

「今話したことは記録したね、書記君」

「はい、記録しました」

「よし。では次に何か良い意見はないかな」

長々と議長と幹部1が話している間、よく考える時間があったようで、すぐに幹部2が手を挙げた。

「はい」

「幹部2も意見があるようだね」

「はい、ございます」

「では述べてみよ」

「お言葉に甘え、私の意見を申し上げたいと存じます」

「うむ」

「跡継ぎを選ぶのは時間がかかります」

「確かに時間がかかる」

「すぐにも襲ってくる山賊にどうやって立ち向かうかを考えるべきです」

「非常に現実的な意見だ」

「例えばですよ、警備の人数を増やすとか、巡回警備をさらに密にするとか、山賊が襲うとしたらどうするか、どこを狙ってくるかを考えて対策を練るべきであると私は思います。前回『魂の書』を盗まれるまでは相当の年月一度も盗まれたことはなかったのは事実であるから、あまり警備の体制を変えないで来たのだ」

「そのことはよく分かっています」

「前回盗まれたから申しているのです」

「確かに前回と同じ手口で盗まれたら困るな」

「前回盗まれた方法に対して、裏の岸壁の所にも兵隊を配備して警備しているはずだ」

「その通りです」

「神主が病気であることに気がついた山賊はどう出るでしょうか」

「敵の立場で考えれば、必ず裏の岸壁から侵入してくるはずです。侵入場所の補強をすべきであると存じます」

「そう思うか」

「あの場所が一番手薄、盗みに入りやすいと読んでいるはずです」

「それは言える。では、どうすれば良いのかね」

「裏の岸壁の警備を補強することを提案します」

「ではどのようにだ」

「裏の岸壁の警備の数を増やすのです。たとえ破られても、襲ってきたことをすぐに神殿に伝えれば神殿でも対策ができます」

「なかなか名案だ」

「神殿から下の岸壁に紐でも下ろしておき、敵が来れば紐を引き神殿に来襲を伝えるのはどうでしょうか」

「それも名案だ。あなたは頭がいい。感心した」

「光栄にございます」

「よし、今の提案も記録しておくように、書記君」

「はい、してあります」

「よし。まだ何か良い案があるかね」

「はい」

「幹部3もか。では、言ってみなさい」

「はい。神主様が病気だと言っていますが、確かに病気ですが、精神的な病気で、医者が言うには静養すれば治ると言っていましたよ」

「その通り」

「精神的病気を治すためこのたび療養に7日間行くことになっていることはご存じですね」

「存じておる」

「神主様の不在の間の警備を増す必要があると考えます。たとえば神主代理を立て、警備体制を強化することが必要です」

「だれが神主代理になるのかね」

「そうですね、議長が適任ではないですか」

「そう言われても困るな。幹部で決めても神主様の了解が必要になるな。まあ、神主様に決めてもらう」

「はい、お任せします」

「神主代理が先頭に立って『魂の書』を守れば、7日間の神主様の不在は乗り越えることができます」

「そうあってほしい」

「ずいぶんと気弱なご意見ですね」

「不安になるよ、山賊の襲撃が怖い。半端なものではないからな」

「確かに私もそう思いますが、何があっても『魂の書』は守らなければならないのです」

「すごい決意に感服する」

「ありがとうございます。また、警備のことですが、今回『魂の書』の周りは警備を2倍にし、襟を正ししっかり警備をさせる必要があると思います」

「なぜかね」

「今回、兵士が床掃除のおじさんや家具掃除のおばさんと話をすることが間違いだったと思います」

「なぜかね」

「気が緩んでいるのではないかと存じます」

「それはあり得る。しかしな、兵士の提案がなければ今回の会議はなかったし、召使いたちから素直な意見を聞くことができたのだから、ある面では良かったのではないか」

「そうとも言えますが、兵士の言うように神殿の規律を守らせることが一番重要であります。その一環として、私語を慎み、山賊から『魂の書』を守ることに専念すべきであると考えます」

「確かに規律を守らせることも重要だ」

「召使いを全員集め、規律の徹底を命じる必要があります」

「あなたの言うようにしよう」

「しかし召使いの心の動揺はとても収めることはできないと存じます」

「確かに。神主が倒れるところを見ているのだからな」

「困りましたね」

「心の動揺は命令では止めることはできない、しらふの時は抑えられても酔った時は思わず口に出るのが人の常だ」

「確かに心配ですね」

「最後にはこの国全体に広がり、山賊に知れる時は遅かれ早かれやってきます」

「確かにその恐れはある」

「しかし神主様の病気が療養で治れば、心配はないと考えます」

「とにかく神主様が7日間療養する間、全力で『魂の書』を守るのが今のところの最善の策であり、私たちのできることではないですか」

「そうかもしれないな。なんて我々は非力なのか。嘆かわしい」

「嘆くよりも警備を固め、召使いへの命令を行うのです」

「今の我々には、あなたの言うようにしかできないから、ただ行動するのみだ」

「私もそう思います」

「よし、書記、今のことは重要だから二重線を引いておけ」

「はい、引いておきます」

「あとは意見はないな」

しばらく沈黙の時間が続いた後、おもむろに議長は手を叩き、

「よし、今回の会議は終了とする」と言われたので　集まった幹部は黒い扉を通って帰っていったのである。

この会議で決まったことはすぐに実行されることになった。朝一番で召使いを中庭に集合させ、議長が命令を発した。

「皆様、おはよう」と言うと、召使いは一斉に「おはようございます」と言って応えた。

「おお、みんな元気だな。体に悪いところはないな」

「いいえございません」

「今日、集まってもらったのは、現在大変なことが起こっているので、今から言うことは肝に銘じ、必ず実行してもらうことである。良いな」

「はい、ご主人様の命令は一同必ず守ります」と答えが返ってきた。

「よしよし、素直な者たちだ、では申し渡す。一つ、神殿内で起こったことは絶対に外部に漏らし

てはいけない。親族にも言わぬように！　もし、この命令に違反した者は、即刻断頭に処す。二つ、兵士とむやみに会話したり互いに四方山話をしたりしないよう。ただいま緊急事態が生じているので2週間の間、私語を禁ずる。以上、何か質問があるかな」

すると、靴磨きの者が手を上げ質問した。

「議長様、今、大変厳しいお話を聞かされましたが、神殿は今いったいどうなっているのですか」

「今言ったように神殿は緊急事態になっておる。この神殿が存続するかどうかはこの2週間で決まるのだ」

「え、それは大変だ、私どもも必ずや言われたことを守り、仕事を行います」

「よく言った」

しばらくすると床掃除の男が、「私はよく神主様が倒れるのを見ます。神主様は大丈夫なのですか」と質問した。

「なかなか鋭い質問をする。確かに神主様は今病気だが、2週間後には必ずや完治されるから、いらぬ心配をしないように。神主様が病気だという噂は絶対に広めてはいけない、分かるかな」

「分かりました」

「よろしい。これでこの集まりは解散する」

次に議長は兵隊の隊長を自分の部屋に呼んで、昨日幹部会議で決まったことを話した。

「これは毎日ご苦労さん、隊長殿」

「いや議長に言われると、とても嬉しいです」

「そうか、おまえたちの日頃の警備で『魂の書』が守られているのだから当然だと思うがな」

「それでも嬉しいですよ」

「まあ椅子に座りなさい、突っ立ったままでは話も聞けないだろう」

「はい、お言葉に甘えて座らせていただきます」と言うと、隊長はすぐに議長の机の前の席にゆっくりと座った。「なかなか　座り心地の良い椅子ですね」

「この椅子はそんじょそこらの椅子とは違う。とても高価な椅子だから壊すなよ」

「はい、壊さないよう注意します」

「よしよし。ところで君にわざわざ来てもらったのは、重要な話があるからだ」

「それは改まって聞く必要がありますね」

「そんなに堅苦しくして聞かなくていい」

「はい」

「先日幹部会議で決まったことを申し渡す。一つ、『魂の書』の警備を2倍に増やす。二つ、入り江の警備も2倍に増やす。入り江と神殿を紐で連絡し襲撃があったらすぐに神殿に知らせるようにすること。三つ、兵士は襟を正し召使いとの会話をしないよう。以上だ」

「すごい警備体制にするということですね」

「まあそうだ。何せ神主様が7日間療養に出かけ留守になる。この時をめがけて山賊どもが襲撃してきたら困るからな」

「なるほど、そういう事情なら仕方ありません。三つ目の会話の禁止はあまりにも惨《むご》いですね、あまりにも人間的ではありません」

「まあ仕方がない。この神殿の存続がかかった緊急事態だから、今日から2週間としてある」

「2週間とはどういう意味ですか」

「神主様が療養へ行っている間だ、分かったな」

「はい」

「それから岸壁と神殿を紐で連絡するのはどうすれば良いですか?」

「岸壁の下の入り江に兵隊を配置しておるな」

「はい、2名ほど常駐しております」

「この2名が山賊に襲撃され倒されたとき、神殿は無防備になり、『魂の書』はまた奪われることになる恐れがある」

「確かにその恐れはあります」

「つまりだ。入り江の兵隊が襲われて殺されても、賊の襲撃を神殿に知らせれば、神殿で対処し未然に『魂の書』を守ることができます」

「なるほど、頭がいい」

「であるから、紐は必ず入り江の兵隊に持たせ、襲撃された場合に紐を引くことにより岸壁の襲撃を知らせ、それを受けた神殿の兵隊は岸壁の警備に向かいなさい」

「はい」

「さらに先ほど述べた入り江の警備は2倍にすることも忘れないようにしなさい」

「はい、忘れません」

「よろしい。もっと何か質問はあるかね、隊長」

「いいえ、ありません」

「頼むよ、この神殿の運命は君の両肩にかかっているのだからな」

「はい、全力で対処いたします」

「よろしい」と言われると、隊長はいそいそと自分の部屋に帰るのであった。


「最後は神主様だ。これが難解だが、やり遂げなければこの神殿、いや我が国は消滅する」と自分に言い聞かせ神主の部屋に向かう議長である。黄金の扉を開き、神主の部屋に議長は入っていった。

「これは神主様、ご機嫌麗しいですか」

「麗しいわけがあるはずがない、毎日あちこちで倒れ、すぐに医者が来てこの部屋の寝床に運ばれ横たわってみろ、良いわけがない」

「ごもっともです」

「この私の機嫌をよくするためにこの部屋に来たのだろう」

「いいえ、さらに悩んでもらうために来ました」

「それは困る、悩みから体調を壊しこのざまだ。私の体調を壊すつもりならすぐに帰りなさい」

「そう言われましても、今回の依頼を受けてもらえなければこの神殿は崩壊しこの国も消滅します」

「それは一大事だ、体調どころの話ではない。聞かせてくれ、議長さん」

「ではお言葉に甘えて申し上げます」

「うむ」

「先日、兵士が召し使いの話を聞き、提案をしてきました」

「そんな下部の人間の提案をよく持ってきたな」

「いいえ、兵士の話がきっかけで幹部を集め、会議を開きました」

「おお、それは本格的だな。聞くとしよう」

「まず話題になったのが神主様の体調が悪く、お年を取っていることでした」

「確かにわしはずいぶんな年だ、老い先は短い。この国、『魂の書』の行方が心配だ」

「そうでございましょう、みんなもとても心配しております」

「で、どのような方法でこの国を救うのかね」

「一つ方法があるということになりました」

「聞かせてくれ」

「神主様に5人のお姫様がおられますよね」

「そうだ。わしには5人の娘がいるが、男がいない。さらに悪いことに娘どもはいまだに結婚しない、困ったものだ。跡取りがいないからこの国の行き先を心配しておる。おかげで頭がハゲてきた。これも大きな悩みの一つだ」

「そうでございましょう、その悩みよく分かります」

「〝でこ〟の悩みを解決してくれるのかね」

「少なからず解決できると思います」

「おお、聞かしてくれ」

「お姫様方にお見合いをしてもらい、お婿さんをもらい、お婿さんに神主の地位を引き継いでもらうという考えです」

「見合いとな？　今までも数限りなくやっておるぞ。でも、だめなのだ」

「でもこのたびは幹部全員で男を20名ほど集め、盛大なお見合い会を催し、必ずや結婚させてみたいと存じます」

「幹部の目で選んだ男たちか。期待しているよ」

「今、我が国は最大の危機に瀕《ひん》しています」

「また危機が来たのか、2度目だな」

「そうなりますね」

「我が国が創立して以来、初めて『魂の書』を盗まれた時が最初の危機であった。で、今度はなんだ」

「今度は山賊に『魂の書』を盗まれるかもしれない危機です」

「なんと、先日取り逃がした山賊が性懲りもなく『魂の書』を狙っているのか」

「そのように思われます。今度盗まれると二度と戻ってこないと考えます」

「それはまずい、世界は終わりになってしまうぞ」

「その恐れがあります」

「神主様の健康が良くないことが国中に広がり、これを一遇の好機と考え襲ってくるやもしれません」

「わしの体が弱っていることが国中に知られるとは、どうしたことだ」

「使用人たちが心配しているのが国中に広まった可能性があります。使用人たちは善意で神主様のことを心配しているみたいです。しかし一方で神主様の体が弱まることを喜ぶ輩がいます。それが山賊どもです。前回の失敗がとても悔しいのでしょう。きっとどこかで監視し、隙あらば『魂の書』を盗む算段をしているはずです」

「そりゃそうだろう、あれほどの人数と金を掛け襲ってきたのだから、諦めきれないのだろう。諦めの悪いやつどもよ」

「神主様が倒れたらこの国は滅びます。今、体を壊し病んでおられる神主様を7日間の療養で治し、山賊どもに一泡吹かせたいのです。つまり神主様は健在なりとして噂を払拭したいのです」

「気持ちはよく分かる、ありがとう」

「神主様がいらっしゃらない7日間が一番『魂の書』が盗賊に盗難される危険性があります。そこで誰か神主様の代理を立て、7日間を切り抜けたいと考えています」

「そうじゃ、甥のミルを代理とし、後見人を議長とする布陣で対処しなさい」

「はい、そういたします」

「よろしい」

「さらに警備体制を強化して対処したいと考えています」

「なんと、昔より引き継いできた警備体制を変えるのか」

「いや、強化するのです」

「どのようにするのだ」

「はい。警備を倍に増やします。さらに規律の遵守を強化します、規律を破るものは断罪にします」

「手厳しいのう」

「はい。そうしなければ、この危機は乗り越えることができません」

「分かった」

「前回盗人が入った入り江に、今2名の兵隊が配置されています」

「なるほど、前回の盗賊はその入り江から入り、裏の岸壁を登り『魂の書』を盗んだと記憶している」

「その通りでございます」

「現状は入り江に今2名いる兵隊を4人にします。さらに、襲撃があればすぐに上の神殿に分かるよう、神殿から紐を下ろしておき、この紐を引くことにより襲撃を伝える計画でございます。紐の合図を知った時、神殿はすぐに岸壁の警護に兵隊を回したいと思っています」

「それは素晴らしい警備計画だ。その計画を考えたものはものすごく頭が良い。感心する」

「お褒めいただきありがとうございます。この計画で必ずや『魂の書』を守り、盗賊を撃退する所存であります」

「分かった。わしは自分の体を治すことがこの国を救うことになるから、必ずや健康な体になって帰ってくるからな。楽しみにして待っていてくれ。ただし、くれぐれも『魂の書』は盗まれないよう警備をしてくれ。頼むぞ、ミルの後見人」

「はい、全力で『魂の書』を守り、国を守り、世界を守ります」

「その意気でやってくれ。すまん、疲れてきた。一休みするから帰ってくれ」

「はい、失礼します」

　これで神殿の「魂の書」を守る体制は確立した。あとは神主が7日間の療養を行い体を治すことにより、一層の神殿の安全が確立することになると神殿の者たちは考えたのである。この体制を破るために山賊は全ての力を出してゆくのであり、守る側と攻める側の戦いの時はせまってきたのであった。この世を支配するのは善であるか悪であるかのせめぎ合いがこの小さな砦のなかで繰り広げられることと相成った。

第六章　盗まれる「魂の書」

神殿の守備体制が整った時、町のアジトで275号と300号、700号は最後の打ち合わせを行っていた。

「700号様、私が275号の情報部員です。隣にいるのが300号で、盗みの天才です」

「おお、それは。お見知りおきを。私はこの土地に初めて来ました。よろしくご指導のほどを。私は各地で戦闘を繰り返し、取った首の数は2万に達します」

「それは凄腕の殺し屋ですね」

「褒められているのか恐れられているのか分かりませんが、人殺しはお任せ下さい」

「すごい人を777号は回してきましたね、感心します」

「777号がそれだけ今回の仕事に力を入れている証しです」

「私を呼ぶからには、相当な敵がいるということですか」

「大変な敵です。前回の戦いで我が軍と海賊軍の連合が破れたことは事実です」

「え、それは強大な敵ですね、心してかからないとまた負ける恐れがありますね」

「その可能性もあります」

「しかしこの戦いに敗れたら、私どもの首が飛びます」

「私は人の首を取るのは得意ですが、自分の首を取られるのは嫌いです」

「首を取られのが好きな者がこの世にいますか」

「それはそうです」

「我々の首が飛ばないように今ここで打ち合わせをし、戦いに挑もうとしているのです」

「ずいぶんとすごい敵だと感じますよ」

「そうですね。まず歴史を説明します。神殿ができて以来、天才的な盗人に一度だけ盗まれましたが、その時は無事取り戻し、それ以外は決して盗まれなかった『魂の書』がこの神殿にあります。前回我々は『魂の書』を盗もうとして見事失敗に終わり、海賊に逃がしてもらったのです」

「なぜ失敗したのかね」

「神主が頭が良く、他国に救援を依頼し、神殿が兵でものすごく補強されたので、挟み撃ちにあったのです」

「それは素晴らしい戦略だ」

「感心しないで下さい」

「戦略としては素晴らしい」

「その戦略を読めなかったのが敗因であったのです」

「なるほど。大した敵だ、心してかからないとまた敗れる恐れがあるな」

「はい」

「それで、今回はどのような戦略を持ってその『魂の書』を奪うのかね」

「ちまたに神主が体調が悪いという噂が流れ、カンテという一般人が神殿に呼ばれ仕事をもらったことを聞きました。我々はこのカンテに目をつけ、どのような依頼をもらったのか調べ、仕事の内容を盗みました」

「さすがスパイの天才275号」

「盗んだのは前にいる300号です」

「300号様、ご苦労さん」

「いいえ、大変苦労してやっと仕事内容を知りました」

「この場には、スパイの天才、泥棒の天才、人殺しの天才が一堂に会していることになるな」

「そう言われれば　そうですね」

「これほどの天才3人が集まってできない仕事はないと思いますよ、間違っていますか」

「そう言われると、自信が湧いてきました」

「その盗み出した情報の内容はなんですか」

「はい。神主は7日間の療養に行き、神殿を留守にします。神主が療養している間に『魂の書』を盗むという計画です。そこで777号は、あなたを兵隊を襲う担当として呼んだのです。盗むのは、

300号が行います」

「なるほど、完璧な計画だな。兵隊を襲うのはどこだね」

「裏の岸壁の入り江にいる兵隊です。その兵隊を700号が殺し、300号が岸壁を登り『魂の書』を盗むのです」

「すっかり役割分担ができているが、何か不安である」

「何がですか」

「その入り江に警備している兵隊は何名かね」

「今のところ分かっているのは2名です」

「神主が療養に行っている間の守備の状況は分かるか」

「それは分かりません」

「分からないでは困る。多分神殿の方では神主の留守の間の警備を厳重にするはずだ」

「その恐れはあります。では私が手下に入り江の警備状況を調べさせます」

「お願いします」

「はい。あなたが一番心配しているのは神主がいない間の警備ですね」

「はい」

「心配しないで下さい。先日300号が盗んできた情報によると、来週の月曜日に神主は療養に出かけ、再来週の月曜日に帰ってくる予定です」

「ずいぶんと詳しく知っているな」

「神主の行動はしっかりつかんでいます」

「よろしい」

「で、襲撃は水曜日になっています。ですから、来週の火曜日に手下のスパイを入り江に行かせ、神主の留守の間の警備の状態を調査させ、火曜日の夜にもう一度3人で集まり、襲撃計画を検討しようではありませんか」

「それが一番いい。失敗は許されないのだから慎重に調査し、悔いのないようにしようではありませんか」

「分かります。ところで700号の手下は何名いますか」

「大した人数ではありませんが、約1000名はおります」

「えっ、それは大きな軍隊の兵隊の数ですね」

「そうかもしれません。極端に言うと、入り江の回りを覆い尽くしても有り余る人数です。これほどの兵隊をもってしても入り江のそばの岸壁は支配できません。なぜならば岸壁を登るのは神殿から丸見えなので、全て殺されます」

「確かに自然の擁壁は侵入者を拒むものです」

「前回の盗賊は、岸壁に守られているという概念で『魂の書』を守っていたから裏をかき、盗めたのです。しかし、今回は神殿でも岸壁からの盗難を恐れ、どんな対策をしているかも心配です」

「確かにその心配もある」

「ではどうでしょう、神殿と入り江と岸壁の調査を来週の月曜日、火曜日に行い、火曜日の夜、このアジトに3人を集め調査内容を報告するというのはどうですか」

「そうすれば襲撃は完全に成功します」

「分かりました。おっしゃる通り、月、火で神殿の警備体制を調べ、火曜の夜10時にこのアジトにて報告します」

「頼むよ、275号」

「はい、必ずや調査を成功させます」

これでこの夜の打ち合わせは終了し、お開きとなった。


急いで275号は自分のアジトに帰り、選りすぐりの情報員190号と191号を呼び寄せた。

そして話し始めた。

「あなた方を呼び寄せたのは他でもない、我々の組織の浮沈に関わる大仕事をしてもらいたいから来てもらったのです」

「それは大きな仕事ですね」と190号が述べた。

「そうですよ、我が組織は来週の水曜日、大仕事があります。この仕事が成功するかどうかは、あなた方の腕にかかっているのですよ」

「期待に応えられるよう頑張りたいと思います」

「期待しています」

「ところで何をすればいいのですか」

「あまり焦らないで。これから順を追って話しますから」

「はい」

「私たちの組織は、今回『魂の書』を奪うことを目的に、今まで活動を行ってきました。敵を欺き神主の行動を監視してきましたところ、このたび神主が体を壊し、療養のため神殿を留守にすると情報を得ました」

「大した情報活動をしてきましたね」と191号が褒めた。

「確かに、十分に情報活動をしてきたと自負しています。もはや完璧な計画で失敗することはないと考えていましたが、土壇場になって襲撃隊の隊長から異議があり、神主のいないときの守備状況を調査しろとの意思の下に神殿の守備状況を調査することになったのです。分かりましたか」

「はい、分かりました」

「よろしい」

「で、いつ頃神殿の調査に入りますか」と190号が質問してきた。

「おお、それが一番大切ね。来週の月曜日、火曜日の2日間で調べ、火曜日の6時にはこのアジトの私に調査内容を報告して下さい」

「はい、分かりました」と2人は述べ、すぐに神殿に向かったのである。2人は仲のいい同僚で互いに意思の疎通ができていたので、無駄な話はしないで神殿への道を急いだ。神殿の門の前まで来たのであるが、時間は昼の12時頃であったので姿を見られないような所に身を隠し、神殿の門を見るだけであった。

「すごい神殿だな、190号」

「そうだな、すごい警備だ。191号」と2人は感心するばかりであった。

「これじゃ昼間は絶対に神殿の中には入れないな、190号」

「夜でも忍び込めるかどうか不安になったよ、191号」

「入れなかったら調査はできないよ、190号」

「では下働きの人間になりすまし、堂々と入っていき調査するのはどうだい」

「それはいいアイデアだ。今日は土曜日だから、土日で中の人間として働き、来週の月曜日と火曜日に調査し報告する段取りでどうかな」190号が言うと、

「そんな簡単に中での下働きができるのかな」と191号が尋ねた。

「しかし、この警備では今述べた方法しかこの神殿に入る方法が浮かばない」と、190号が答えを返してきた。

「そんな心配はないさ。私の子分が下働きにいるから連絡をし、作業を依頼すれば簡単にできるよ191号」

「え、それを初めから言え。こんなに悩まなくてもよかったじゃあないか」

「すまん、忘れていたよ。ではその子分に連絡し、打ち合わせをするからいつもの部屋に行き待つことにしよう」

「そうするか。〝果報は寝て待て〟という言葉もあるからな」

「そう言うなよ」

「そいつに会って話をしよう」「うん」と会話を終わらし、自分たちの部屋へ帰り、子分の来るのを待つことになった。

　しばらくすると、子分が部屋に現れた。

「これは主様、お久しぶりですね」

「そうだな掃除屋、あなたのことをすっかり忘れていたよ」

「いやですよ、忘れないで下さい」

「忘れないようにする」

「ところで、急にご用とはなんですか?」

「いや、久しぶりに会ったのにお願いするのは気が引けるがしょうがない。あなたにお願いするしか方法がないという結論に達した」

「何なりと」

「このたび、わが組織が神殿に『魂の書』を盗みに入ることが決まった」

「ええっ、それは大変だ」

「そこでだ。宮殿内の警備状態を知る必要がある」

「確か、数日前にも別の幹部から調査するよう言われ、報告した覚えがあります」

「おお、そうか。今度は最終警備状態を知りたいからお願いするのだ」

「よろしいです。ただし、私のすぐの報告は神殿内の警備だけで。岸壁の入り江の警備は数日かかります」

「いや、それは困る。特に岸壁の入り江の警備状況が知りたい」

「困りましたね」

「なにせ襲撃が来週の水曜日に決まったし、襲撃するのは入り江からだ。もし以前の情報で襲撃し、違った守備体制の場合、襲撃隊は全滅し、今回の『魂の書』を盗む計画は頓挫することになるから重要なのです」

「分かりますよ。入り江の警備がいかに重要かは」

「分かったらなんとかしなさい」

「そう言われましても、あまりにも時間が足らない。依頼された日が遅すぎます。ではどうでしょう、こちらで小舟を用意しますから、夜遅く入り江に行かれて、調査していただけるとありがたいのですが」

「なに？　俺たちが調査するとな」

「そうです。今、私たちには入り江の調査ができないので、お助け下さい」

「参ったな。逆に調査を求められるとは。仕方がない、内部の調査は掃除屋さんにお願いし、入り江の警備は私たちで調べるとするか。小舟で侵入できるのだから、神殿へ侵入するより楽だな」

「そうだな、191号」

「仕方がないさ。やりましょう、190号」

「ただし掃除屋さん。この調査は来週の月曜日と火曜日行うこととし、報告はこの部屋で午後5時に行うので、確実に来るようにな」

「はい。心得ました」


2人は月曜日、釣り人の姿をし、神殿の裏の岸壁の入り江に夜遅く向かうのであった。

「これは急激な波が荒れ狂っているじゃないか。この状態で入り江に私たちは到達することができるのか？　191号」

「いや、何があっても入り江にたどり着き、情報を持って帰らなければ襲撃作戦は失敗する。この仕事で今回の襲撃が成功するか失敗するか決まることになるからな」

「分かっていますよ、190号」

「子分に頼んでお茶を飲んで報告を聞くという作戦は失敗しましたね」

「そう。楽して成果は得られないという教訓を学んだと思えばいいのさ」

「前向きなご意見ですね、191号」

こんな会話を交わし、必死に小舟を操り、なんとか暗闇に隠れ、入り江にたどり着いた2人であった。たまたま警備の兵隊が居眠りをし気がつかなかったので、2人は上陸できたのである。確かに上陸したのは午前2時。悪く言えば警備が弛んでいたのであった。よく言えば仕方なかったことになるのであった。2人は入り江の警備が4名であることを確認すると、驚いたことに紐が目に入ったのである。

「おい191号、この紐はなんだね」

「こいつら紐で遊ぶ習慣でもあるのかね」

「いや、誰が紐で遊ぶか。いい大人だろ」

「そうだね、おや？　この紐は神殿へと向かって伸びている」

「分かった。来襲があればすぐにこの紐を引き、上の神殿に知らせることになっているのだ」

「素晴らしい防備ですね」

「感心するな。今回の調査の最大の成果であるぞ」

これで2人は入り江の調査を終わり、急いで小舟で脱出した。脱出したふたりは自分たちの部屋に戻り、後は掃除屋さんの訪問を待つだけであった。首を長くして2人は待っていると時間通りに掃除屋は来た。

「これはお待ちどうさま、主様」

「君の言う通り首を長くして待ったよ。で、警備の様子はどうだった」

「はい、とても厳重になりました。なにせ警備の数はいつもの倍になりました」

「そうか」

「この図面が神殿で警備の場所と人数を記録しております」

「よくやった。スパイのプロの仕事だ」

「お褒めの言葉、ありがとうございます」

「これが今回の報酬だ。みんなで分けなさい」

「みんなも喜ぶでしょう。私はこれで失礼します。ご幸運を」と言って掃除屋は部屋を後にした。


2人は急いで275号の待つアジトに向かい、報告をするのである。


「これはご両人、首尾はどうでしたか」

「完全に業務を遂行しました」

「それはよくやった」

「この図面が神殿の見取り図で、神殿の警備の人数と場所を記録してあります」

「おお、警備の数が倍になっているな」

「はい、そのように思われます」

「で、入り江の警備はどうなっていた」

「確かに神殿内の守備と同じように2倍になっていましたが、驚いたことに紐がありました」

「なんで紐があることが警備と関係あるの」

「それが、大ありなのです」

「その紐は、神殿まで繋がっていたのです」

「敵が来襲すると、すぐに紐を引き上の神殿に連絡できるようになっていました」

「それは本当ですか」

「本当です」

「それは良い情報を得てきました」

「私たちも最大の情報を得たと感じました」

「紐によって連絡をされ神殿の兵隊が岸壁の守備に回られたら、攻撃隊および盗賊隊が全員殺されるところでした。分かりました。ご苦労様でした」

「失礼します」と挨拶し190号と191号はうれしそうに帰っていくのであった。

この打ち合わせが終了すると、275号は急いで300号と700号の待つアジトへ向かうのであった。アジトにはすでに2人が椅子に座って待っていた。

「どうでした、神殿の様子は変わっていましたか？」700号が心配そうに質問した。

「全面調査した結果を報告します。神殿の兵隊の配置はいつもと同じですが、2倍に増えているとのことです。入り江の警備も同様に2倍兵隊が増えていたとのことです。さらに警備が変化していることが判明しました」

「どのように」

「はい。入り江の兵隊は紐を持って警備をしているそうです」

「紐で遊んでいるのか」

「いいえ、紐を持っている兵隊は1人で、その紐の先には神殿があるということです。つまり、敵が入り江を襲ってくるとすぐに紐を引き神殿に連絡し、岸壁の警備に兵隊が増員され、崖を登る敵を殲滅《せんめつ》する警備体制です」

「敵ながらなかなかの警備だ」

「私もそう思います」

「まあ、感心していただけではこの警備を突破できませんよ」

「その通り、何か知恵を出しこの問題を解決しなければ、『魂の書』奪回計画ができない恐れがある」

「誠にその通りです」

そこで300号が言い出した。「僭越ながら、私ども盗難部隊が先に入り込み、連絡用紐を切断し、連絡できないようにしてから、攻撃隊が侵入し兵隊どもを皆殺しにし、入り江を占領し、次に私どもが岸壁を登り、『魂の書』を盗む計画はどうですか」

「その計画は素晴らしい。その計画で襲撃しよう」と嬉しそうに700号は叫んだ。

「出撃は、今晩。盗難隊が午前1時半とし、紐を切断後、連絡入り次第攻撃隊が入り江に侵入し守備の兵隊を皆殺しにする。次に盗難隊が岸壁を登り『魂の書』を盗み、また入り江に帰ってきたらすぐに船を出し、このアジトに3人で集まることとする」

「このアジトで275号は待っていてくれ、朗報を期待してな」

「はい。朗報を期待してお待ちしています」

「行くか、300号」

「はい。700号様」

「頼むぞ、300号」

「任せて下さい」

「何せ一世一代の大泥棒でございます」

「がんばれ」

「期待に応えるよう、頑張る所存です」

2人はまるで親友みたいに肩を抱き合い、部屋を出ていった。

「あ、言い忘れたが、ただ単に切り落としてはならない、300号よ」

「どうしてですか？　700号様」

「ただ単に切ると、神殿の兵隊と入り江の兵隊に感づかれてしまう」

「確かにその恐れはあります。ではどうすれば良いのですか」

「そうだな。下の兵隊に気づかれないよう中腹に杭を打ち、切った下側の紐を縛っておけ」

「そうします」

「つまり、紐が切られても入り江の兵隊は気がつかないことになり、襲撃がばれないから『魂の書』を奪うことはたやすくなる」

「はい、分かりました」

「頼むぞ、300号」

と、2人は会話をしながら　入り江に向かって急ぐのである。

2人は波止場に着くと、すぐさま手下を集め、300号集団がまず小舟に乗り、入り江へと向かった。後から700号の集団が3艘の小舟で入り江に向かい、入り江の手前で待機するのである。

闇に紛れ入り江に着いた300号たちは静かに岸壁を登り、神殿連絡用紐を切断し、手はず通り杭を打ち、下への紐を括り付け、すぐに入り江の前に待っている700号に連絡した。すると3艘の襲撃隊は音もなく入り江に入り、静かに兵隊たちを皆殺しにした。この襲撃に気がついた兵隊は紐を引っ張って上の神殿に知らせたが、すでにひもは途中で切られており、神殿に敵の来襲を伝えることなく殺された。

入り江の殺りくが終了するとすぐに300号は手下どもと岸壁を暗闇に紛れ登り始めすぐさま神殿に入り込み、「魂の書」を盗み、入り江の襲撃隊の待っている所に帰り、すぐに小舟で沖に出て波止場に帰還した。予定通り300号と700号は「魂の書」を持って275号の待つアジトに帰ってきた。

「お早いお着きで。どうでした？」

「ほら、『魂の書』を手に入れたよ、275号」

「まあ、素晴らしいお仕事をされ、おめでとうございます」

「いや、こんなにうまくいくとは思わなかった」

「とにかく『魂の書』を得られたのですから、良かった」

「そうだな」とみんなで相づちを打った。

第七章　神殿の狼狽

3人がアジトで喜んでいる頃、神殿近くの入り江では大騒ぎが起きていた。入り江の守備の交代に来た兵隊が、入り江の守備の兵隊の哀れな姿を発見したからであった。驚いた交代の兵隊はすぐに神殿に連絡した。もっともなことであるが、神殿では驚きの声が上がったのである。すぐに「魂の書」の所在を確認しに行くと、盗まれていたことに気づき嘆き悲しむのであった。

この事件はすぐに神主代理のミルと後見人の議長に連絡された。

「ミル様、大変です！」と議長はミルの所へ怒鳴りながら走ってきた。

「どうしたんですか、議長様」

「これを大変と言えなければ何を大変と言うのですか！」

「わけの分からないことを言わないで。落ち着いて喋って下さい」

「はい。『魂の書』が、盗まれたのです！」

「ええ⁉　それは本当ですか。あなたの言われた完璧な防御態勢で盗まれたのですか」

「そうです。敵が一枚上でした。監視用の紐は切られ、入り江の守備の兵隊は全員殺され、賊は裏の崖から入り、まんまと『魂の書』を盗まれました」

「どうしよう。これでは神主様に顔向けができない。腹を切ってお詫びするしか方法がない」

「それは困ります。腹を切るのだけはやめて下さい。腹を切るより『魂の書』を取り戻すことを考えたほうがいいのではないですか」

「確かにそのほうが良いと思いますが、いったいどうすればいいのだ。困り果てます」

「そうだ、幹部を集め対策会議を開けば、一人で悩むよりいいのではないですか？　良い意見が聞けるかもしれません」

「そうですね。幹部と対策会議を開きます」

「それがいい」

と、悩んだ末に、神殿の会議室で全幹部を集め、対策会議が開かれた。

「全員、集まったかな」

「はい。集まりました」

「では始める。このたび『魂の書』が盗賊に盗まれたので、この会議を開くことになった。盗まれた『魂の書』を取り戻す手立てを考えてくれ」

まず幹部1が手をあげ、質問してきた。

「あれほど検討し、作り上げた完璧な守備を破り『魂の書』を盗むなんて、どんな盗賊ですか」

「まあ、一流の天才の盗賊なんだろうな」

「ずいぶんと議長は盗賊を褒めるのですね」

「褒めてはいない。あきれかえっているのだ」

「あきれかえっても『魂の書』は帰ってきません」

「確かにその通りだ。どうすればいいのだ、教えてくれ。盗賊は、前回襲撃してきた山賊の一味に違いない」

「『魂の書』がこの神殿から奪われると、また、悪霊が地上に舞い降り『魂の書』を求め暴れ回ります。さらに悪霊が山賊を殺し『魂の書』を奪えば、もう手に負えなくなります。こういう恐れですね、議長？」

「その通りだ、幹部1様」

「ではどうでしょう、山賊と話をし、悪霊の恐ろしさを語り、金でもくれてやり、この神殿に『魂の書』を返してもらうのはどうですか」

「確かにその方法で成功すればとてもいい。だが、それで山賊が納得するかだ」

「簡単にはいきませんね。よほど山賊が追い詰められた時に話に乗るかもしれませんが、難しい。山賊が追い詰められるまでどれほどの人的被害があるか分かりません」

「確かに君の考えは当たっている。君の考えでは、山賊が悪霊に攻めたてられ、山賊の命が危なくなると気がついた時に交渉に乗ると考え、山賊が危なくなるまで私たちは静観して待つしかないと言いたいのだね」

「そうです」

「他に良い意見はないか」

「良い意見とは思いませんが、私の意見を述べさせてもらいます」

「どうぞ幹部2様」

「はい。入り江の兵隊を殺したやから、と交渉し、『魂の書』を取り戻すのはいやです。山賊たちを皆殺しにし、『魂の書』を取り戻したいです」

「おおすごい、力で取り戻すのだな」

「そうです」

「しかし私たちには山賊を皆殺しにする力はないから無理だ」

「でも、前回は他国の力を借りて撃退したではありませんか」

「そういえばそうだな」

「君の考えでは、また、他国の力を借りて山賊を皆殺しにし、『魂の書』を取り戻すのだね」

「そうです。山賊は悪霊と私たちの2つの敵を持ち逃げ回ることになります。早く我々で山賊を退治し『魂の書』を奪回します」

「力強い考えだな」

「盗んだ者は罰しなければなりません」

「裁判官みたいな考えだ」

「裁判官ではありません。道徳に導かれた考え方です」

「確かに一理ある。君の考えだと悪霊が舞い降りて山賊を殺す前に、隣の国の軍隊と当神殿の軍隊が協力し山賊退治をすることになるな」

「そうです。山賊、海賊はこの世にいりません。この機に乗じて地球上から抹殺しましょう。山賊や海賊のいない世界にするべきです。賊どもを退治し、人々が安心して旅をし、貿易できる世界にしなければなりません。賊と共存はごめんです」

「『魂の書』を取り戻すために賊どもを皆殺にし、安心して住める社会にしたいのだね」

「そうでございます」

「よろしい、あとは良い案はないかね」

次に幹部3が挙手し、話し始めた。「おお、幹部3か。もっと良い案を頼むぞ」

「はい、努力します。私は気が短い性格なので、盗んだ者を特定し、捕まえ取り戻すのが一番手っ取り早い方法だと存じます」

「すごく短絡的な意見だ」

「確かに君の言う通り、盗んだ者を捕まえ『魂の書』を取り戻すのが一番早いが、そういかないからここで相談しているのです」

「探偵でも雇い、調査分析を行い犯人を見つけ、この領域内からけっして出さないようにすべきです」

「それも一つの方法だ」

「では、次の意見はないな」

「いいえ、ございます」

「おお、幹部4が述べるとは珍しい。述べてみよ」

「はい。今まで3人のご意見を聞き、どれも素晴らしいと感心しました」

「それで、何か言いたいのかね」

「3人の意見を合体させれば、最善の対処方法が浮かぶのではありませんか？」

「おお、それは良い意見だ」

「で、君は対策をどのようにすればいいというのかね」

「はい。まず、名探偵を雇い、犯人の特定を行い、なるべくなら一刻も早く『魂の書』を取り戻すのが最善ですが、山賊を取り逃がした時は隣の国に連絡し、我が神殿の軍隊と隣の軍隊で山賊退治をし、『魂の書』を取り戻すのであります。しかし、山賊が強く、取り戻すことができなければ、悪霊と山賊を戦わせ、傍観し、山賊の命が危ぶまれた時には交渉をし、『魂の書』を取り戻すのではどうでしょうか」

「なかなかの名案だ」

「で、手始めに何をするかといえば、名探偵を雇い至急お願いするのがいいのかな」

「その通りです」

「異論はないな、皆様」

「ございません」と一同が賛同の言葉を述べた。

「ところで、誰か名探偵を知っていますか？」

するとと、何も言わなかった幹部7がおもむろに手を挙げたのである。

「おや幹部7、何も言わなかったのに急に手を挙げるとは珍しい」

「そう言われると恥ずかしいですが、述べさせてもらいます」

「よろしい。言ってみなさい」

「私の知り合いで、多くの難事件を解決したサルトという者がいます」

「おおそうか。では早速、そのサルトという者をこの神殿に呼びなさい」

「はい」

「よろしい。これで今日の会議はお開きとする」

議長の一声で皆会議室から退散していくのであった。


しばらくすると、神殿にサルトという男と、もう1人の人がやってきた。

「これはご機嫌麗しいでございますか、議長様」

「あまり麗しくない、ただ困り果てているだけだ」

「あまりにも投げやりな言葉でございます。議長様のご機嫌を直すため、幹部7様が頑張るよう言われています」

「おおそうか、期待しているよ」

「あまり詳しくは幹部7様から聞いていないので、詳しい説明をお願いします」

「ところで隣にいる男は誰だ。呼んだ覚えはない」

「いいえ、女性です」

「え、そうか。おまえの秘書か」

「いいえ、相棒です。とても助けになる女性で、サニヤと言います。よろしくお願いします」

「まあいいだろう。では話を始めるとするか」と議長は気を引き締め、語り始める。

「端的に言うと、この神殿に保管されていた『魂の書』が盗まれた。この『魂の書』を取り戻してほしいのです」

「すごく端的ですね。そのことは幹部7様から聞いています。もっと詳しいことを知りたいのです」

「良かろう。この神殿は元々、『魂の書』を保管するために作られた所である」

「そうなんですか。『魂の書』を守るべきなのに、山賊により『魂の書』が盗まれたのですか」

「確かにみっともない。立場がないと言えば言い訳はできない。しかし『魂の書』がこの神殿から外部に出ると、悪霊が蘇り、地球上にて暴れまくり人類が滅亡する恐れがある」

「ええ⁉　それは大変だ。悪霊を皆殺しにすれば地球は救われるのですか」

「一度死んだものは死を恐れない。悪霊は恐ろしい存在だ」

「死を恐れない集団は全ての生きる者を殺すまで存在することになる。全ての人が死ぬまで暴れることになる」

「ええ⁉　それは恐ろしい」

「なんで泥棒はそんな大変な物を盗んだのでしょうか？」

「彼らは『魂の書』を世界一の宝として理解しているからだ」

「なるほど。山賊は『魂の書』を世界一の宝と見ているから盗んだのですね」

「そうだ」

「困ったことですね。盗賊は『魂の書』を高値で売ろうとして盗んだのですね」

「分かるかね」

「理解できました。それから、私たち2人が『魂の書』奪還作戦を遂行するため、神殿内の人々に紹介して下さい」

「よろしい」

「それから、あらゆることに対し、調査特権を与えて下さい」

「良かろう、さらに調査資金は好きなように使いなさい」

「ありがとうございます。もう一つ尋ねたいことがあります」

「なんなりと」

「神主様は先ほどおられた若いお方のミル様ですか？」

「いや、神主様は今外部で療養中だ」

「病気ですか」

「まあ、そういうことだ」

「神主の療養中を狙って盗賊が盗みに入ったことになりますね」

「確かにそう言われればそうだな」

「神主の療養を知っているのは誰ですか」

「神主代理のミル様と私と幹部連中と警備兵だけだ」

「この中で、だれか裏切るものはいますか？」

「いや、1人もいないはずだ」

「そうですか。それから、療養の計画を作ったのはだれですか？」

「ああ、それだけは外部の者にお願いした」

「それは怪しいですね。その者から盗賊に療養の計画がばれた恐れがありますな」

「その線もあり得る」

「その外部の者の名はなんと言いますか」

「確かカンテとか言ってたな、建設会社に依頼しカンテを推薦してもらいお願いした」

「これで全てが分かりました。神殿の内部の者にも盗賊の手下がいるかもしれませんから、神殿内の兵隊と幹部にだけ紹介して下さい」

「そうしよう。ずいぶんと用心深いね、サルトさんは」

「いや、間違って盗賊のスパイに目をつけられたらこの調査はできませんし、私たちの命も危ないことになります」

「なるほど」

「頑張って、必ずや『魂の書』を取り返します。議長」

「たのむぞ」

元気をもらったサルトとサニヤは議長に連れられ、神殿内の幹部、兵隊たちに紹介をしてもらい挨拶をした後、調査へと向かうのであった。2人は町の自分たちの事務所に帰り、作戦会議を開いた。

「今日は大変だったね、サニヤ」

「いいえ、いい仕事をもらって良かったじゃないですか」

「まあそうだが、今回の仕事は大変だ。命がけになる恐れがある」

「確かに命を盗賊に狙われるかもしれませんが、人類を救うため一肌ぬいでみましょう」

「女性とは思えない言葉だな」

「いいえ、私はあなたの相棒ですから、一歩も後には引かない所存です」

「いい考えだ。では頑張ろう」

「はい」

とにかく、サルトとサニヤはカンテに会いに行くことにした。

サルトがカンテに会いに会社を訪ねると、カンテは上司の課長と共に会議室に来るように命じられた。しばらくすると、カンテと課長が神妙な顔をしてやってきた。

「何事でしょうか」

「はい。私たちは神殿に雇われた探偵です」

「何の調査ですか?」

「『魂の書』が盗まれました」

「ええ!? それは一大事」

「どうして守備のすごい神殿から『魂の書』が盗まれたのですか」

「泥棒の腕が良かったからです」

「簡単に言われますね」

「確かに手際が良い盗みであったと神殿の幹部はじめ議長、神主代理もおっしゃっております」

「すごい盗賊ですね。ところでどうしてこの会社に来られたのですか」

「神主が避暑地へ行くことを知っていたのは、神殿内の幹部、議長、神主代理とあなた方だけですから、調べにきたのです」

「ということは、私たちが神主様の避暑地に行く計画を誰かに話したとでも言いたいのですか?」

「その恐れがあるかどうか、調査しに来たのです。では尋問を始めるとします。ではカンテさん、あなたは神主の避暑地へ行くことを誰かに話しましたか?」

「いいえ、誰にも喋っていませんね？」

「では次、課長さん。計画書を誰かに盗まれたことはないですね？」

「はい。当方は2部作成し、1部は神殿に届け、他は金庫に厳重に保管してあります」

「では、見せて下さい」

　すると課長は鍵を取り出し、暗号表も取り出し、金庫を開け計画書を差し出した。

「なるほど。盗まれたことはないみたいですね」

「これで私たちの疑いは晴れましたか」

「いいえ。計画書が盗まれた後、返却されていた恐れがあります」

「そんなことはできるのですか」

「そういう考えでないと、今回の盗賊の行動が理解できないのです。あまりにも盗賊の行動は神殿の動きを全て知っていて、さらに神殿の守備状態も全て知っており、対策を練り行動し、『魂の書』を盗んだものと考えます。もう一度聞きます。カンテさん、あなたは酒癖は良いですか？」

「いいえ、悪いです」

「どのように？」

「飲み過ぎると、ほとんどのことを忘れ、朝は自宅で気がつくのが常です」

「飲み過ぎた後の言動の記憶はありますか」

「いいえ、ありません」

「それはまずいですね」

「どのようにですか」

「誰かがあなたに目を付け、浴びるほど飲ませ、何かを聞き出しているかもしれません」

「え？　そんなことをする人はいるのですか」

「います。それがスパイの常套手段です」

「しかし、飲むときは知り合いとしか飲みません」

「いつも飲む友達がいますね」

「はい、おります。カルンと申します」

「おお、カルンさんですか。では、カルンさんをこの会議室に呼んで下さい」

「はい」


しばらくすると、カルンがやってきた。

「あなたがカルンさんですね」

「はい。カンテの飲み友達のカルンと申します」

「私たちは神殿直属の探偵です」

「ええ!?　そんな偉い人が僕みたいな人間を呼びつけたのですか」

「このたび、神殿の『魂の書』が盗難されたため調査を行っているから、参考人としてあなたを呼んだのです」

「私は何も知らないし、何もやっておりません」

「ずいぶんと防御されますね」

「私は何も知りません」

「知っていることを教えて下さい。嘘を言うと首が飛びますよ」

「ええ、恐ろしい。はい、分かりました、何なりとお尋ね下さい。私の言葉に嘘、偽りはないことを誓います」

「裁判の宣誓みたいな言い方だな、まあいい。あなたはカンテとよく飲みに行きますね？」

「はい」

「あなた以外の人と、カンテは飲んだことはありますか」

「はい、一度だけあります」

「私のちょっとした知り合いと飲みました」

「何と紹介したのですか」

「私の知り合いと紹介して飲みました。確か、政府の情報員だと申しておりました」

「その人に会えますか」

「いいえ、会えません。向こうが来る時しか会えないのです」

「困りましたね。その政府の情報員が盗賊のスパイであったのです」

「ええ？」

「驚いても後の祭りです」

「盗賊は、カンテから情報を聞き出すことを目的として、飲み友達のあなたを使って、カンテを飲みに誘うように仕向けたのです」

「ものすごく巧妙ですね」

「感心してはいけません。カンテは飲み過ぎて意識を失い、何か言っていませんでしたか」

「いいえ。ただ、私も飲み過ぎで覚えていません」

「そうですか。多分、神主が避暑地へ行くことを言ったのでしょう。カンテの言葉を聞いたスパイはカンテの作る計画書を盗み出すことを目的に泥棒に入り、無事情報を盗んだのは間違いないことです」

　そこで課長が話してきた。

「でも、あれほど厳重に管理した計画書が盗まれるわけはありませんよ」

「ところで課長は報告書ができた日は、どうしていましたか？」

「はい。報告書の一つはすぐに神殿に提出し、もう一つは金庫にしまい、家に帰りました。鍵はいつも体に付けていますから、盗まれた覚えはありません」

「その日、異常は感じませんでしたか？」

「別に、普通と同じ日でした」

「例えば、夜、いつもよりよく眠れたとかです」

「そういえば、いつも起きる夜中のトイレを忘れていたような気がします」

「つまりあなたは、とても熟睡し、何も覚えていないのではないですか」

「その通りです」

「強力な睡眠薬を飲まされたのかもしれません」

「別にいつもの食事で変わった物は食べていませんし、変わった物も飲んでいません」

「そこがスパイの狙い目です。先回りして食べ物に睡眠薬を入れたかもしれません」

「ええ？　そんなことできるんですか」

「できます。つまりあなたは睡眠薬入りの食べ物を食べ、熟睡した。盗賊は、あなたを叩かれても起きない状態にし、鍵を盗み計画書の盗撮をし、鍵をあなたの体に返したのです」

「すごい推理ですね」

「探偵業は推理するのが仕事ですから。多分、今述べたことが事実でありますし、真実です。これほど用意周到な盗賊を、そう簡単に捕まえることができないことが分かりました。しかし、捕まえるのは無理にしても、必ず『魂の書』は取り返さなければならないし、取り返すのだ」

「強い決意ですね、探偵さん」

「なにせ、『魂の書』を取り返すことができなければ、今の人類が消滅するのだからな。分かりますか」

「分かりますよ」

「そうだ、もう一度カルンに聞く」

「なんなりと」

「あなたに接触してきた人間は1人でしたか」

「いいえ、2人おりまして、飲みに行ったのは女性でした」

「ここに手配中の人相書きがあります。似ている人はいますか?」

カルンは多くの人相書きをめくっていたが、しばらくして大きな声を上げて叫んだ。

「この人は、あの男の人と同じだ!」

「そうか。どれ、見せてみなさい。この男は手配中のドンだ、山賊の親玉だよ。やはり山賊が仕掛けた仕事であったか。そうなると陸地への門を閉じて出入りをできないようにし、海の波止場からも出られないようにしなければ逃げられる恐れがある。君たちはしばらくこの部屋に待機しなさい。では失礼して。神殿へ急ごう、サニヤ」

「はい。サルト様、あの3人をこのまま置いておいていいのですか?」

「うむ、法律で裁くのなら、犯罪者の片棒を担いだのだから責任を取って入牢してもらうのだろうが、彼らはただスパイに利用されただけであり、罰する必要はないと考える」

「サルト様は優しいです」

「そうかもしれない。しかし今は、『魂の書』がこの領内から出ていく恐れがあるから、領内から出ていくのを止めるのが先だ。彼らの処罰は『魂の書』を取り返してからだ」

「はい、分かりました」


神殿に着いたサルトとサニヤは、急いで議長の部屋を訪れた。

「議長、大変なことが分かりました」

「どんなことが分かったのか」

「はい。『魂の書』を盗んだ黒幕は山賊のドンです」

「なに？　ほんとか！」

「はい。先ほど山賊と接触のあった男が証言しました」

「困ったことだ。つまり『魂の書』は、山賊の手に落ちたということになる」

「その通りです。生半可な調査では『魂の書』は取り戻せません」

「確かに、山賊であれば獲物を得たらすぐに自分の砦に帰るであろう」

「そう思われますから、すぐに陸の門を閉じ、波止場を閉じ、両方向からの脱出を防ぐのを急ぐべきです」

「確かにその通りだ。早速手配しよう。後はこの領内で必ず『魂の書』を見つけてくれ」

「はい、全力で頑張ります」と言い、サルトとサニヤは急いで自分の事務所に帰り、作戦を練り直すこととなった。

第八章　山賊の逃亡

同じ頃、山賊のアジトでは２７５号、７００号、３００号が集まり、慰労会を行っていた。

「頑張りましたね、７００号。何人殺しました？」

「入り江の兵隊４人です。大した人数ではない」

「そうでしょ、何万人も殺した人殺しにとっては」

「あまり褒めないでくれ」

「褒めているかもしれませんな」

「まあとにかく７７７号が求めていた『魂の書』が手に入ったし」

「人生で唯一の汚点がなくなりましたね、３００号」

「ほんとうにそうだよ、なかなか２７５号のお言葉はうまいね」

「本当にそうだと思っているのよ」

「ありがとう、涙が出るよ」

「まあ、成功を祝って乾杯だ」

3人が一緒に叫んで酒を飲み干した。

「とにかく勝利の酒はいつもうまい」と700号が言っていると、入り口から大きな体をした男が入ってきた。

「おお、仕事はうまくいったか？　3人さん」

「はい、うまくいきました」

「それは良かった。で、獲物はどれだ」

「これでございます。777号様」

「お、これが我々が求めていた獲物か」

「そうでございます」

「苦節何年。辛酸をなめ、やっと手に入れた世界一のお宝だ。でかした、でかした」

「お褒めの言葉ありがとうございます。一同、とても喜んでおります」

「そうか、良かった。次に、君たちにはこのお宝を我が砦に運んでほしい。この仕事が最後の仕上げだ」

「盗むだけならできますが、砦に運ぶには大変な敵がおりますし、命がけになりますので、専門の運び屋に任せたほうがよろしいのではないですか」

「確かに一理ある。誰が適任かね？　700号」

「そうですね。私がいつも使っている500号が良いと思います。彼は物を運ぶ専門家です」

「では、このアジトに500号を呼びなさい、700号」

「はい、すぐに呼びます」

しばらくすると、背の低い小さな男がやってきた。

「私をお呼びでございますか、777号様。直接777号様にお仕えするのは光栄です」

「そうか。おまえを700号が推薦したので、来てもらった。500号は運ぶ専門家だと700号が言っているが、大丈夫だな?」

「もちろん、運ぶことに関しては誰にも負けません。今まで戦地を走り回って、運んだ金貨、人、美術品、数えきれません」

「おお、そうか。期待しておるぞ」

「お任せ下さい。なにを、どこへ、いつまでに運ぶのですか」

「我が組織が何年もかけて狙ってきたお宝を、ここにいる3人により盗み出すのに成功した。次に手に入れたお宝を我がアジトに送り届けなければ、この仕事が完成しないのだ」

「つまり、私に最後の仕事を命じられたのですね」

「そうだ。この仕事は盗むことより大変かもしれない」

「どうしてですか」

「盗まれたことを知った神殿の者どもは、なんとしてもこのお宝を取り返そうと全力で挑んでくるはずだからな。海も山も全ての道は封鎖されると予測できる。この状態において封鎖の網をかいくぐり、この『魂の書』を我が砦に運ぶのだ。分かったな」

「はい。ご期待に添うよう頑張ります」

「いや、絶対に運ぶのだぞ」

「はい、一命をかけて必ずや『魂の書』を砦に運びます」

「行け」

「はい」

５００号の長い旅の始まりであった。


〈続〉

著者プロフィール

山下 浩一郎（やました こういちろう）

神奈川県横浜市出身。

著書に『明日の日本へ』、『まだ見ぬ時のために』、『海洋の王国』（すべて新風舎刊）、『海わたる時の憂い』（文芸社、2009年）がある。

海わたる時の怒号

2020年10月15日　初版第１刷発行

著　者　山下 浩一郎
発行者　瓜谷 綱延
発行所　株式会社文芸社
〒160-0022　東京都新宿区新宿１－10－１
電話　03-5369-3060（代表）
03-5369-2299（販売）

印刷所　株式会社エーヴィスシステムズ

ISBN978-4-286-22017-8